白河夜船

白河夜船

BANANA
YOSHIMOTO

[日]
吉本芭娜娜 著
徐静波 译

上海译文出版社

目录

白河夜船

是什么时候开始，我独自一人时竟变得如此贪睡呢？

睡眠仿佛涨潮一般向我涌来。我对此手足无措。这种睡眠无涯无垠，其深无底，电话铃声也罢，外面行驶的汽车声也罢，在我的耳朵里都变成了悄无声息。我既不觉得丝毫的痛苦，也不觉得空虚寂寥，在我的感觉中，只有一个死沉沉的睡眠世界。

只有醒过来的一瞬间，心里有点空落落的感觉。当我仰望着有几片云彩的天空时，心里知道我已经睡了很长的时间。我心里朦朦胧胧地意识到，虽然自己原本并不想睡的，却在床上虚度了整整一天……在这种类似于屈辱的沉重的后悔中，蓦地我感到了一阵惊悚。

是从什么时候开始，我将自己委身于了睡眠呢？是从什么时候开始，我停止了抵抗呢？我曾经有过的朝气蓬勃、心神清爽的日子是在什么时候？想起来，那似乎是太遥远了，宛如太古时代一般。我的眼睛中只见到了一些羊齿类植物和恐龙等的粗犷鲜明的颜色，眼前只是出现了一些如同遥远的过去一般的朦胧的画面。

只有男朋友的电话，即使睡着的时候我也能知道。

岩永打来的电话铃声，跟别的不一样，我会听得很清楚。不知为什么，我总能清楚地明白。其他的各种声音都是从外面传入耳朵的，而他打来的电话，就如同我戴着耳机一般，这声音是从我头脑里边欢快地响起来的。于是我起身拿起了电话筒，这时他就会以一种令人心头一惊的低沉的声音呼唤我的名字。

“寺子？”

我答道，是。我回答的声音实在太虚空了，他不觉笑了笑，然后每次都问我同一句话：

“您又在睡觉吧？”

他平时说话不夹带一点点敬语，这时突然以这样恭敬的口吻跟我说话，我听了后满心喜欢，每次听到，仿佛就觉得这世界“倏”地一下关闭起来了。好像卷帘门一下子落了下来，眼前一片漆黑。我一遍又一遍地玩味着这声音的余韵。

好不容易，我的意识终于清醒起来，我对他说道，你上次打电话来的时候，是一个下雨的黄昏。突然下起的大雨的雨声和黑沉沉的天空的颜色，将整个城市包裹了起来，就在这时你突然打来了电话，成了我与外界相连的极其重要的联络线。

当他的声音开始说起约会的时间和地点时，我开始觉得无聊。我心里想，与其听那样的话，我倒宁愿你再说一遍“您又在睡觉吧”，再说一遍吧。

我一边想着一边用脚顿着地板，手里做着记录。嗯，几点。好，就在那儿。

要是现在有人肯向我保证说，我们俩目前的这种行为是真正的恋爱的话，我恐怕会觉得一块大石头落下心来，情不自禁地跪倒在那人脚边。如果不是这样的话，如果目前的行为只是过眼云烟的话，那么我宁可像现在这样一直昏睡过去，希望听不到他的电话铃声。我希望立刻就让我一人独自待着。

就在这样忐忑不安的困倦中，我迎来了与他相识了一年半后的夏天。

“我一个朋友死了。”

我没能说出这句话，至今已经两个月了。我明白，我要说的话，他一定会认真倾听的。可连我自己也弄不懂，我竟然一直都没有说。

在夜里，我心里总在思量：说么？现在就开始说么？

我一边行走着，一边在寻找词语。

我一个朋友死了。你没见过吧。是跟我关系最要好的一个女孩子。名叫诗织。大学毕业后，她做了一份非常怪异的工作。嗯，怎么说呢，是一种挺复杂的类似于卖淫一样的活儿，算是服务行业吧。但她真的是一个好女孩。念大学的时候，她就跟我两个人住在我现在住的房子里。那时真是愉快极了，开心得不得了。没有任何可怕的事，两个人每天聊天说闲话，或通宵不眠，或喝得酩酊大醉。不管在外面有什么不开心的事，回到房间后又说又闹，乱开玩笑，烦恼顷刻就抛在了脑后。那时真是开心呀！我还经常跟她一起讨论你我之间的事呢。说是讨论，其实是说一些你的坏话呀，或是讲一些你的吸引人之处呀，两个人之间就老说这些话。这下你明白了吧，男人和女人，绝对成不了朋友。当彼此之间真的已经很融洽的时候不是已经……不，不，我跟诗织不是恋情，我们真的是很要好的朋友。和诗织在一起，具体怎么我也说不好，就是当人生的沉重“咚”一下降临在你头上时，这沉重会减轻一半。你的心情会变得轻松起来。她虽然也没有特意为你做点什么，但不管你的精神处于何等放松的状态，都不会有任何紧张感向你袭来，而是一种恰恰好的亲切温柔的感觉。还是女孩子做朋友好。那时你也在，诗织也在，我心里虽然充满烦恼，不过这一类小孩游戏一样的玩意儿，如今想起来，却是像过节一样令人怀念。每天哭哭笑笑。对了，诗织真是个好女孩，她“嗯、嗯”地听你说话的时候，嘴角总是带着微笑。而且会出现两个小酒窝。但是，诗织自杀了。当然她早就离开了我现在的房子，一个人住进了豪华的房间，结果吞服了大量的安眠药，在房里小小的单人床上死去了……她的工作间里有一张硕大的、就像是中世纪贵族睡的那种松软的、带有顶盖的大床，她为什么不躺在那上面死去呢？我虽然是她的朋友，却也不明白其中的缘由。我还以为诗织会说，反正要死，死在豪华大床上更可能进天堂。她母亲从乡下飞过来，打了电话给我，我才得知了她的死讯。我是第一次见到她母亲，她跟诗织长得很像，见到她，我满心悲伤，她问我诗织在做怎样的工作，我到底还是没能回答她。

这些话还是无法顺溜地说出来。我知道，我越是想把脑子里想的东西说出来，这些话语就越容易变成粉末，随着往前倾倒的颓势，在风中零落飘散，所以说不出口。按我这样的说话方式，什么都无法告诉对方。结果唯一能正确表达的，就是“我一个朋友死了”。究竟该用怎样的表达方式才能传递出我内心的凄凉呢……

在临近夏天的夜空下，我边走边想。在走过车站前的一座很大的人行天桥时，他说：

“明天我只要下午去上班就可以了。”

汽车的长蛇阵连成一片，闪烁着光芒，在远远的街角处拐了进去。夜突然变得无限悠长。我心里挺开心，忘却了诗织。

“那，我们在一起过夜吧。”

我跳起来一把抓住他的手说。他并没有转过身来，脸上带着平时的微笑说：“好呀。”

我觉得很幸福。我喜欢夜晚，喜欢得不得了。在夜色中，似乎一切都可能发生，我睡意全消。

和他在一起，我偶尔会见到“夜的尽头”。对我而言，那是此前从未见过的景象。

不是两人同时达到高潮的时候。高潮的时候，只是两人之间毫无缝隙，也无暇驰心旁骛。他是个在做爱时一句话也不说的人，太过于沉闷，所以我就故意逗他说这说那的，但实际上我是非常喜欢彼此都沉默不语的。我总觉得，通过他，我仿佛是与一片巨大无边的夜睡在一起似的。正因为他闭口不语，我才感到自己在整个地拥抱着比他本人更加深刻真切的他。在他离开我的身体、说“可以睡了吧”之前，我脑子里可以不思考任何东西。只要闭起眼睛去感受真正的他就行了。

这是夜深的时候。

留宿的场所无论是大宾馆还是车站背后廉价的小旅馆都一样。我总在半夜里，感觉仿佛听到了风雨声，便蓦地醒过来。

这样一来，就非常想看看外面的情形，于是就打开了窗户。凛冽的晚风吹进了满是热气的房间内，我望见了闪烁的星星。或者是淅淅沥沥地开始下起了雨。

对着窗外眺望了一阵子后，忽地转过身来看看身旁，原本一直以为睡着的他，却分明是睁开着眼睛。不知为何，我一下子说不出话来，只是默默地凝视着他的眼睛。他躺在床上，照理是看不见外面的景物的，但他的眼光却显得澄澈明亮，仿佛窗外的声音和景色都映照在了他的眸子内。

“外面怎么样?”他用一种十分平静的语调问道。

我会回答说“在下雨呢”，或者是“在刮风

呢”，或者是“夜色清朗，能看见星星呢”。不知为何，会有一种孤寂落寞的感觉，弄得人快要发疯。跟他在一起，怎么会有孤寂落寞的感觉呢？也许是因为我们两人之间诸种复杂的事情；也许是因为我对两人的诸事皆觉得欢喜，除此之外没有任何其他心绪，比如想要做什么之类的明确的念头。

只有一点，我心里一直很清楚，就是我们之间的爱情是由一种孤寂落寞支撑着的。在这闪着光亮一般的孤独的黑夜中，两人静静地待着，无法从颓然麻木的心境中腾跃起来。

这，就是夜的尽头了。

我供职的那家小公司实在太忙，一点也无法抽出时间来与他见面，于是我就干脆立即辞去了工作。闲荡了已经快有半年了。白天无所事事，于是就料理一些自己个人的购物呀洗涤衣物什么的，日子过得闲闲的。

我自己有些存款，虽然数额并不很大。我对他说，我是为了自己才把工作给辞了的，可他却每个月汇给我一笔数额惊人的钱款，所以我日子过得很轻松。一开始我曾有瞬间的犹豫，心想这就是情人的生活么？但来者不拒是我的人生信条，所以就欢欢喜喜地收下了他的钱。也就是说，也许是觉得有空闲，于是就一直睡在床上了。我不清楚这样的女孩子在全日本究竟有多少，但白天在百货公司里遇见的那些既不像大学生也不像自由职业者的、有一点异样的、昏昏蒙蒙的女孩子，说不定就是这一类人。因为我很清楚，自己正是这类眼神空洞、四处闲逛的人。

就在这样闲逛的某个晴朗的下午，我偶然撞见了一个朋友。

“你好吗？”

我朝他奔过去问道。他是我大学时的同学，是个头脑聪敏、人品很好的男孩。诗织曾与他交往过一阵子，时间虽然不长。有几个月他们也曾住在一起。

“嗯，好啊。”他笑着答道。

“在干什么？公事？”

他穿着一件黑色的衬衫，下面是一条全棉的长裤，看上去完全是便服，手里空空的，只拿了个信封。

“是啦！正要去送一件东西。你还是老样子？好像挺悠闲的嘛。”

他说话的特点，是往往把词尾温柔地拖成长音。在蔚蓝的天空下，他和善地微笑着。

“嗯，闲闲的，什么工作都没做。”我说。

“挺优雅的嘛。”

“对。你是去车站吧？我跟你一起走到对面的街角吧。”

我们一起往前走。

被街上的景物裁剪出来的碧空，奇妙地轮廓分明地闪着光芒。我觉得自刚才的那一刻起，自己仿佛置身国外。正午的街景和阳光，有时会打乱我的记忆和各种事情。到了盛夏时节就越是如此。我可以感觉到，手臂被太阳晒得热辣辣的。

“真热呀。”

“真热。”

“我听说诗织死了？”他说，“我是最近听说的。”

“是。她父母亲从老家赶了过来，事情弄得挺大的。”我的回答有点怪。

“我想是吧。听说她在干一种挺奇怪的活儿？”

“是呀。这世上什么买卖都有啊。”

“她是死于工作？”

“……不知道。不过，大概不是吧。”

“是呀，这事只有她本人知道了。可她脸上老是笑盈盈的，是个好女孩呀。我很难理解，像她那样的人怎么会有令她走上绝路的烦恼呢？”

“我也不懂。”

接着两个人一时间都没有出声，并排慢慢走下了宽宽的坡道。有好几辆车从我们身边向前驶去，太阳从正面明晃晃地照耀着。头发湿漉漉的诗织，剪着指甲的诗织，洗衣服时的她的背影，旭日中的她的睡脸……行走在我身旁的这个人，与我共有着只有同她一起生活过的人才会知道的场景。想起来，这些事总觉得颇为怪异。

“你还是跟那个有妇之夫搞在一起呀?”他突然笑着问道。

“没有像你这样说话的吧。”我也笑了起来。“是呀，我还没跟他分手呢。”

“你也该正儿八经地谈恋爱了。”他说话的语气明快爽直，不带任何杂念，听起来反而挺有分量。“你很早就像个小大人似的，一直是喜欢上了点岁数的人吧。”

“是呀。”我微笑道。

我对这段爱情的认真劲，连自己都觉得有些害怕。一想到这段恋爱要终结，手脚都会颤抖起来。但是，我们的这段关系什么时候结束都毫不奇怪。尽管如此，我的情感仍然一直在静静地燃烧。

“那么，再见了。有什么聚会叫我一声。”

快走到地铁站的入口时，他举起一个手对我说道，然后走下了有点昏暗的阶梯。在热辣辣的太阳底下，心里不觉有些恋恋不舍，我一直目送着他背影的消失。心头欢快的情绪仿佛跟随着他的背影一起离去了，胸口有一种空落落的感觉。

当时，在跟他分手之后，诗织立即就寄住到了我的屋里。她父母定期给她寄来生活费，她也是一个喜欢像样的生活的女孩子，可不知为什么，她总不愿意固定住在某个地方，每次搬家立刻就会把书和礼物什么的都丢弃。她说，她讨厌东西越来越多。她从他那里拿了枕头和毛巾被，提着一只箱子就搬过来了。她根本就不是一个怕独居的人，可不知为什么，总是不断地寄居在朋友的家里，好像这是她的爱好似的。

“怎么会分手的呢?”我问过她。

“嗯，是呀。不过，你想，是我借住在他那里吧。我要是不搬出来的话，这事就没个结果。”诗织含含糊糊地回答道。

“你喜欢他什么?”我问道。

“他说话的腔调挺温柔的吧。”说着，诗织的脸上现出了有点怀恋的微笑。“但是，生活在一起的话，就明白了他并不总是那么温柔和蔼，心里挺不是滋味。和寺子你住在一起，要开心多了。你永远是那么的温柔亲切。”

说着，诗织又是嫣然一笑。白白的脸颊，浅浅的双眸，那笑脸宛如水果软糖一样可爱。那时我们俩还在上大学，作息时间差不多，两人老是在一起，可我们从未吵过架。不知不觉地，诗织就完全与我的房间连成一体了，就仿佛融化在了空气中似的，自然地存在了那里。

也许，从原本的性情上来说，我喜欢女孩要远胜于男性。跟诗织在一起的时候，我有时会由衷地这样想。这并没有同性恋的意思。她就是这样一个好女孩，跟她在一起感到很开心的。她长得白白胖胖，眼睛小小的，胸部挺大的。她绝对谈不上是个美女，再加上她的那些大大方方的言谈举止，倒使人有一种“妈妈”的感觉，完全不像那种使男人怦然心动的性感女子。她只是个话语不多、文静腼腆的女孩。想起她，首先在我眼前浮现出来的，不是她的外貌，而是荡漾在她周边的充满柔情的音容笑貌。她还在人世的时候，有时我无意中瞥见她脸上淡淡的微笑和眼角上深深的鱼尾纹时，往往会情不自禁地想要将脸埋在她那硕大的胸脯里痛哭一场，敞开心扉对她诉说心头的一切：不快的经历、谎言、今后的人生、倦怠、忍受、黑夜中发生的事、心头的忧虑，一切的一切。我还会回忆起父亲、母亲，故乡的明月和吹拂过田野的风的颜色。

诗织就是这样一种类型的女孩。

虽然只是很短暂的一段时刻，但跟那个昔日同学的邂逅却使我的头脑陷入了一片混乱。在这差不多令人眩晕的烈日底下，我一个人回到了房间。下午，我的房间阳光充足。在明晃晃的阳光中，我将晾晒在外面的衣物收了进来，脑子里一片空白。贴在脸颊上的白色床单散发出洗涤过的布质的清香。

不知怎的，人感到一阵发困，如淋浴一般的阳光倾泻在我的背部。我在折叠着衣物，全身正对着空调里吹出来的冷风，不觉有点迷迷糊糊起来。在这样的状态下进入午睡感觉很舒服。似乎能做一个金色的美梦。我脱掉裙子，滑进了被窝。最近连梦也没有。眼前立即一片漆黑。

蓦地有个电话铃声搅入了睡梦中，我醒了过来。我听出是他打来的电话，起身看了看钟，发现才睡了不到十分钟。别人的电话我会一点感觉也没有，照睡不误，假如这种情形也称得上是ESP（超感知觉），那我也算是个了不起的有特异功能的人了。

“寺子？”我拿起话筒后听见他问道。

“是，是我。”

“在睡觉吧。”

他说话的语调好像挺开心的。这声音在我听来也总是那么令人愉快，不觉独自笑了起来。

“正想要起来呢。”

“瞎说吧。我说，今天一起吃晚饭怎么样？”

“好啊。”

“那么七点半在老地方吧。”

“好。”

我挂了电话，房间里依然充满了阳光，一片静寂。事物都在地上清晰地落下了深深的投影，时间被截断了。我呆呆地望了一会儿，依然提不起精神，就又躺到了床上。这次在入睡前稍稍想了想诗织。

诗织最后的一个男朋友，也就是我刚才遇见的那个男孩，他问我诗织是死于“工作”吗，我当时嘴上虽然答说不知道，心里却在想，恐怕这说法在某种程度上是对的。

诗织已完全被那个工作所黏住，沉浸在了里面。甚至最后离开了我这个房间。的确，从某种意义上来说，也许这项工作就是她的天职，只有她能胜任这份工作。听说，她经朋友的介绍，在一个风月场所兼做一份零工，经那里的一个客人的引荐和劝诱，进入了一个秘密俱乐部式的，不，是一个不同一般的类似卖淫的组织。她所做的，只是陪睡在客人身边而已。我初闻此事时，也大吃一惊。

在老板分配给她的公寓的下面一层，有一个工作间，屋内有一张我上面提到过的巨大的双人床。我也曾见到过一次。那儿与其说是像宾馆的客房，倒不如说像是在国外。那是以前在电影中见过的、真正的卧房。诗织就在那儿，每周有好几次与客人共眠到天明。

"啊？不发生性关系？"

我问。诗织对工作越来越投入，那天晚上她终于向我挑明说她要搬离我的住处，住到设有工作间的公寓里去。

"别这么说嘛。就是有这样的人到这样的地方去嘛。"她脸笑得圆圆的。"各色各样的工作都有……就是一种需求和供给的关系，对吧。”她说要走，我也留不住她。而且，我心里明白，不知为什么，诗织已经迷上了这项奇怪的工作。我对她说：“这下我要孤单了。”

“我自己的房间是一般的普通房间，你来玩吧。”

诗织说。她还没有开始打包，所以我还不太能够理解几乎与房间融为一体的她为何要离开这里。那天晚上，我们像往常一样坐在地板上，漫不经心地望着音乐录影带，评论说曲子倒挺好、样子不好看之类，到很晚都没睡。和诗织在一起，我总觉得时间都奇妙地扭曲在空中。这是由于长得非常面善的她的一双小眼睛，总是像蓝色的月亮一样显得暗淡而朦朦胧胧。

她睡在铺着被褥的地板上，与我的床并排。熄了灯，月光下，她雪白的胳膊清晰可见。关了灯之后的闲聊，对我们俩来说就更是无边无际了。我们常有这样的夜半长谈。那天晚上，诗织特别跟我聊了许多工作上的事。黑暗中，诗织柔声细气的声音，听起来就像乐器在演奏似的在空气中流淌。

“我呀，整夜都不能入睡。你想，要是半夜里身旁的那个人醒来，发现我在呼呼大睡的话，那我的工作还有什么意义呢？就不是专业的陪睡人了，你明白吗？决不能将他一个人抛在一边。到我这边来的人，当然都是听了传闻来的，不过都是些有头有脸的人呢。都是些在极为微妙复杂的情形中受到了伤害、精神十分疲惫的人。他们甚至都感觉不到自己的身心疲惫。因此他们在半夜差不多一定会醒过来。这时，在暗暗的灯光中我对着他嫣然一笑是非常重要的。然后，再递给他一杯冰水。有时也会给他送上一杯咖啡。这都要到厨房间去为他们现做。这样一来，他们差不多都会定下神来，又会舒心地睡去。人呀，人都是希望有什么人睡在自己身旁的，只要在身旁就好。客人中有女性，也有外国人。可是我也不太认真，有时也会睡着的……对，对，睡在这样疲惫人的身旁，自己的呼吸也会随着客人轻轻的鼾声有节奏地一进一出，这时也许就会吸入了那个人心中的黑暗。虽然心中不断地叮咛自己，可不能睡着呀，可有时就迷迷瞪瞪地做起噩梦来了。这是一种超现实的感觉。会梦见自己乘上了一条正在下沉的船，梦见自己丢失了收集起来的硬币，梦见黑暗从窗外弥漫进来，嗓子被堵住了……这时心头会猛然一惊，吓醒过来。不知怎的，很可怕的。瞧瞧自己身旁还熟睡的那个人，心里就会想，啊，刚才我瞧见了那个人内心的风景。这是一幅多么孤独痛苦、荒凉的风景呀。想到这些……总觉得很可怕的。”

月光中，诗织的双眼直瞪瞪地望着天花板，眼白处闪出微微的光芒，我心想，“那些大概就是你自己内心的风景吧”，可不知为什么，这句话我未能说出口。但我认为绝对是的，肯定得我都想哭。

已经到仲夏季节了。他来到约好碰头的那家店里，穿着短袖的胳膊，看上去总觉得挺不相称，看着心里有种诧异的感觉。也许与他初次相识是在冬天的缘故吧，印象中的他是穿着大衣和毛衣。记得两人见面后，是在北风中行走的。我想是自己的感觉发生了错位。外面是气闷炎热的夏夜，而我置身于冷气开得很足的店里，心中的风景却依然是冬天的。

“我们出去吧。”

他奇异地盯着我说。而我一直在用目光追踪着由远及近一直走到我面前的他。我仰着头，呆呆地望了一会儿他的双眼，然后站起来说：“好呀。”

每次刚一见到他的时候，不知为什么，神情总有些茫然。

“今天做了些什么?”他像往常一样很随意地问我。

“在屋里……哦，对了，中午见到了一个老同学。”

“是男孩吗？是约会吧。”他笑着说道。

“是个年轻的男孩。”我也笑着说。

"真的吗?"

他也有点不肯让步。其实他在年龄上只与我相差六岁，但他却对此极为在意，也许是我的面容看起来显得异常稚嫩的缘故吧。不化妆走到外面去的话，时常被人误认为是高中生。好像大学毕业后，我的年岁就停止了增长似的。也许是我的生活方式造成的。

"今天能尽兴地好好玩玩吗?"

我问。他伤感地紧盯着我的眼睛，歉疚地说："今天我还要去见一下亲戚。就跟你一起吃顿晚饭吧。"

"亲戚? 你的?"

"不是，是她的。"

近来他已经不想对我隐瞒了。恐怕是因为我的感觉太灵敏，已经都明白了的缘故吧。他有妻子。

他的妻子已经没有了意识，只是昏睡在医院里，悄无声息地活着。

第一次跟他正式见面是在隆冬，他开车带我到海边。在我辞去工作的第二个星期天，他约我出去。他是我打工地方的上司，我知道他有妻子。那天是个漫长的一天。

如今我可以感觉到，那天在我的心中，已经开始了一场很大的变化。我把原本健康活泼的年轻女孩的我搁在那一天的什么地方了。虽然并没有发生什么变化，但在那一天，我和他两个人一起开始卷入了无法抗拒的某种巨大而黑暗的命运的洪流中。这并不是由恋爱生发出来的性的激流，而是更为巨大的、充满了强烈悲情的、靠我们俩的力量是根本无法对抗的洪流。

不过，总之那个时候我还只是个心情欢快、充满了活力、还从来没有接过吻的小女孩，喜欢他胜过任何人。在他开着车沿着海边的道路一直往前行驶时，我觉得大海非常美丽，随着在阳光下起伏的波浪，我感到有一股十分强劲的能量从自己的体内亮闪闪地喷涌上来，满心都是幸福的感觉。

下到海滩走了一小会儿，无带的浅口软鞋内立即落满了沙子。不过海风吹得人心情舒畅，阳光也淡淡的。我知道外面很冷，不能久留，但越是如此，就越是留恋海浪的拍打声。我突然想到了什么，抬起头来仰望着他的脸，用半开玩笑的语气问他："你太太是个怎样的人呀？"

他苦笑着答道："是个植物人。"

虽然问得有点鲁莽，但每当我想起这一问一答，就会忍不住"扑哧"一声笑出来。

——你太太是个怎样的人？植物人。

但那时我到底没能笑出来，只是惊愕地睁大了眼睛说："啊？"

"她自己开车发生了车祸，以后就一直住在医院里。有一年了吧。所以我才能跟女孩子在外面约会呢，礼拜天。"

他用轻快的语调说道。我把他放在口袋里的手拽了出来。手热乎乎的。我只是惊讶地说："你瞎说吧？"

“我怎么会编出这样不吉利的谎言来呢？”

“这倒是的。”我用双手裹住了他的手。“你去看望她吗？有没有在病床边照料她？是不是很够呛？”

“这个话题就不要再说了。”他把视线转过去说，“一般来说，有妻室的人有了婚外恋的话，即便老婆不是植物人，其实出来跟女孩子约会，精神上依然会有沉重的包袱压着，这一点没什么区别。”

“你这种玩笑也有点怪怪的。”

我说着，举起他的手贴住了自己的脸颊。风在耳边止息了声音。有一种冬天的气息。在遥远的海面上，透出光芒的云彩消融在天空中，显出一片紫色。他的五指间，轻轻回响着波涛声。

“走吧，”我说，“冻死了。去喝杯热茶吧。”

正当我自然地想要松开手时，他忽然将我的手很有力地紧握了一下，虽然只是很短的一瞬间。我一惊，抬起头，在他那比大海还要深邃、仿佛凝望着无穷的眸子里，我觉得自己感受到了一切。

我看到了他的整个人，看到了他与我之间热恋的萌发，看到了这一瞬间存在于我们两人之间的某种沉甸甸的物象。这时我才第一次真正爱上了他。在这一瞬间，在大海面前，以前我对他的模模糊糊懵懵懂懂的感觉，一下子被真正的爱所替代。

吃饭时，老惦记着时候不早的反而是我。

“你现在还不走没事么?”

这样的话我问了三次。那边的亲戚八点过后才过来，这样的情形倒是颇为罕见。

“我说没事就没事。”他笑着答道，手里不停地转动着中餐桌上那个可转动的圆台面，“吃吧，吃吧，别操心了。”

“你不停地转，我都没法吃了呀。”

望着面前如同走马灯似的不停转动着的菜肴，我哧哧地笑了。远处，服务生显出不快的神色。

“没事，我开车去，在那边过夜。我对他们说了，工作忙，会去得晚些。都是些好人哪，很好的人。”

“这也是结婚的好处，”我说，“以前不相干的好人，一下子都变成亲人了。”

“你不是在嘲讽我吧？”他神情不安地说。

“不是，不是嘲讽。”

真的不是嘲讽。只是他们的关系距离我实在太遥远，我找不到一个切入点。

“你太太，也曾是个……好人？”

我问。据他说，她已经不可能再苏醒过来了，剩下的就只有和亲戚商量往后的事情，还有他自己感情的问题。

“嗯，好人。出身、教养都不错，有活力，爱掉眼泪。做事情有点毛手毛脚，开车技术很差，所以闯了祸。我妻子的事，说够了吧？”

“够——了。”

我说。我对这事其实并不怎么在意，可他总是特别讨厌谈这个话题。我喝着有杏子味的甜酒。尽管有几分醉意了，却一点也不感到发困，坐在餐桌对面的他的形象，显得越来越清晰了。我心里很明白，我们都不是从树枝中生长出来的，他有父母亲，他太太也有沉浸在悲痛中的父母。忽地被卷入到一场突如其来的不幸之中，由此派生出一系列的现实问题，比如医院、照料护理、费用、离婚、户籍、死亡决定……这一大堆的事情肯定绕不过去。

有时我真想痛痛快快地告诉他，这些事其实大家都知道。我真想说出口来。我知道，一旦说出来，他一定会大感震惊，会为我前思后量。

我说，你对所有这些事情，都非常想参与进去吧？一直到最后，都一丝不苟地想成为所有这些人可以依靠的大树吧？但是你这样做，不是为任何人，是你自己不允许自己懈怠。如此讲究体面的你，一贯地表现着自己觉得是得体漂亮的行为，而在这些行为举止中非常巧妙得体地倾注了你对妻子的爱。此外你对于我，对于虽然把这些行为当作是与己无关的事、却依然热情关注着这些漂亮举止的我，对于其实并未能真的将此视作他人行为的我的善良心肠及矛盾痛苦的心理，你都了解得一清二楚。其实，你是个非常冷静冷漠的人。可我还是很喜欢你，你明白吧？

我真的很喜欢你。对你这种行为做派，我真是打心眼里喜欢。……是呀，说不定不知不觉中，我自己已经主动地全身心地卷进这起事件中去了。

总是这样，每当我的思路走到这个程度时，就不想说出口了。因此，什么风浪也不会起来，我们俩就这样维持着一种平静的状态。他们日日夜夜商议着人的生死存活，互相扶助互相支持，而我则默默无言地度过如情人般的岁月，她则继续沉睡。在这样的情形中，有一个念头从一开始就一直在我头脑中徘徊：

“我们的爱情是不现实的。”

语感里带着一种不祥的预感。他越是疲惫，就把我拉得离现实越远。这样的意思他并没有明确地说出口，对他本人而言，肯定还是一种无意识的意愿。他尽可能让我不要到外面去工作，他愿我永远悄无声息地待在屋子里过日子，想要见我时，就在街上像梦影一般与我会面。他让我穿上漂亮的衣服，希望我喜怒哀乐都不要有激烈的表现。不，这一切也不能全怪罪于他。受到了他心灵疲惫的阴影感染的我，其实是喜欢这样的行为方式的。两人之间有一种无法言说的伤感的寂寞，我们在恋爱中都珍惜地守护着这一份伤感的寂寞。所以现在这样就挺好。现在还没到时候。

“我开车送你回去吧。”出了店门，在走向停车场时他对我说。

“我真的很喜欢你说什么什么吧的腔调。”我说道。

“是吧。”他笑道。

“这种语感有点不一样呢。”我也笑了，“时间还早，我走回去吧。也让醉醺醺的脑子清醒清醒。”

“真的啊?”

他的声音有点黯然。他的脸在昏暗中显得十分憔悴。密集排列着的汽车一片寂阒。狭窄的停车场看起来像是这个世界的尽头。与他分手时，我总会有这样的感觉。

“你看上去好像岁数挺大的。”

我开玩笑地对他说。正在往车里坐的他，一本正经地对我说：“太累了，我自己都不知道怎么会这样的。不过，接下去只是时间的问题了。这样的说法，也许对谁都是失礼的，不过，今后的事，现在也是什么都没法想的呀。”他宛如一个人在自言自语。

“嗯，我知道，我什么都不说了。”

我匆匆忙忙地应答了一句，替他把车门关上了。我已经不想再听他说什么了。夜色中我迈开了脚步，他的车鸣响着喇叭从我身边驶过。我笑着挥了挥手，感到自己就像智慧猫一样，只是把笑脸留在了黑暗中。

不管身边有没有男朋友，我都喜欢醉意朦胧地走在夜晚的路上。月影充满了整条街，楼房的影子绵延相连。自己的脚步声和远处的汽车声叠合在一起。深夜里都市的天空显得异常明亮，有时让人觉得心悸不安，有时却让人感到轻松舒心。

我隐隐地意识到，自己的双脚虽然茫然地朝着自己的屋子在行走，心却一点也不想回去。对了，我是想要到诗织的住处去。在这样的夜里，我常会拐入诗织的房间。不是她用作做生意的房间，而是她自己住的那一间。不知是喝醉了的缘故，还是睡了太多的原因，我觉得回忆和现实的界线渐渐地都交杂在一起了。我最近变得怪怪的。眼下，我也强烈地觉得，只要乘上诗织公寓的电梯，走到她的房间里去，就一定能见到她。

对，我经常在这种伤感的、兴奋之后心绪茫然的约会之后，去看诗织。

即使不是这样，跟他在一起时，原本就觉得极为怅然。这是怎么回事呢？总是觉得十分哀伤，身心沉落到了蓝色夜晚的深渊，满脑子萦绕着这样的念头，觉得远处散发出光芒的月亮十分亲切，连指甲都染上了一片蓝色。

和他在一起时，我就会变得少言寡语。

这些情形不管我怎么对诗织说，她一点儿也不相信，她觉得我是个很健谈的女孩。可我与他在一起时，我只是光听他讲，颔首点头而已。当“说话”的节奏和“点头”的节奏几乎达到了艺术的境界、开始呈现出绝妙的平衡时，我就觉得这种状态和诗织“陪睡”的情形非常相似。有一次，我曾经把这种感受说给她听了。

“跟那个人睡在一起时，为什么总有隆冬一般的感觉呢？”

“啊，我明白，我明白。”诗织说。

“你为什么这么快就明白了呢？你还没听我讲完呢，怎么可能明白呢？”我不开心地说。

“可我是行家呀。”诗织眯缝起眼睛说，“我说呀，这样的人除了说定的承诺之外，其他的一切他都暂且认为是无。”

“嗯？”

“所以，他会感到不安。他要是考虑到你已经属于他了，他的处境就会相当不利了吧？所以，在现在这个时候，你暂且是一个无，是一个保留物，是一个处于暂停阶段的存在，是一个买了来备用的物品，是人生的附加品。”

“啊？……你说的话，我好像有点明白……你说的无，到底是什么呀？我在他的心目中，到底处在什么样的位置呢？”

“一片漆黑之中。”诗织笑了起来。

我很想见到诗织。当然，肯定不可能见到她，可我依然漫无目的地绕着远道不断地行走。总觉得以这样的方式可以靠近诗织。渐渐地，行人稀少起来，夜色越来越深。

我最后一次去诗织的房间，是在她死前两个星期左右的时候。结果竟成永诀。那一次也是精神有些颓唐，不知不觉在深夜来到了那里。诗织在家，很快活地将我迎入房内。

走进屋里我吓了一跳。在起居室的正中间，悬吊着一张巨大的吊床。

“什么呀，这是，放东西的呀？”我呆呆地站在门口，手指着那吊床问。

“……你知道，我工作时都睡在那软软的大床上对不？可我必须保持清醒不能睡着对不？”诗织说道，依然还是与平时一样的、高而柔和的声调，“不知怎的，现在一上了床就一直很警醒，我想在这不怎么舒坦的状态中也许能睡着……”

听了她的这一番解释，我觉得还真有道理。我走进房间，坐在了沙发上，一边心里在思忖：这世上每一项工作还都有其特有的问题呢。

“喝茶？还是喝酒？”

这悠然的动作，常挂在嘴边的微笑，使我感到亲切。就像诗织住在我房间里时一样，一见到这些，心里边郁积着的莫名其妙的疲乏就慢慢释放出去了。

“喝酒。”我说。

“那，我就为你开一瓶杜松子酒吧。”

说着，诗织从冰箱里取出很多冰块放到盆里，切好了柠檬片，将一瓶尚未启封的杜松子酒整瓶拿了过来。

“这瓶酒打开不大好吧？”

我说。这时候我差不多整个身体埋进了沙发，同时手里拿着一只玻璃杯。

“没关系的，我自己几乎不喝酒。”

诗织喝着橙汁应道。房间内显得异样的安静。

“这儿，真安静呀。”

我毫无醉意，心里一片澄澈明净。这安静，并不让我觉得有什么伤感，所以不知该怎么说好。

“你觉得有什么不对吗？”诗织反复这样问道，那问法就像一条忠实的狗一样执著。

“没什么不对呀。”我应道，同时却觉得周边的空气一下子变得凝重而沉闷起来。

“真的没有什么。我倒是在想，你最近不看电视、不听音乐吗？”

那天夜晚，诗织的房间内真的一片鸦雀无声。除了我们俩的声音之外，其他一切的声音都消失殆尽，就像在一个积雪的夜晚身处雪窖中一般。诗织细柔的声音，更烘托出了这种宁静。

“嗯。你不喜欢安静吗？”诗织说。

“到别人的房间里来，可不能说三道四呀。”我说，“不过，总觉得自己的听觉有点怪怪的。”

“最近，我觉得声音都挺吵人的。”诗织说道，双眸显得虚空渺茫。“……得了，不说这些了。你是不是因为男朋友岩永的事不开心？是不是因为他太太的事两个人拌嘴了？你的气色好像不大好，我以前跟你一起住过，我能感觉出来。”

“没有，我们还是老样子。根本不是，只是，我……”

对我自己接着想要说的话，我不觉悚然一惊。我差点说出可怕的事来。

我想说的是，我已经等得不耐烦了。

“我？”

“我对他撒了一个明显的谎。于是我们稍微拌了几句嘴。还是跟以前一样。太太的事他不大想提，但是，她亲戚方面的应对好像并不轻松，医院那边也常常去。不过，我无所谓，完全无所谓。”

“这样就好。”诗织微笑着说道，“我希望你们一直好下去，这是在我眼前开始的恋爱嘛，对不？”

“嗯。没事的。我不想跟他分手。”

我说。很奇怪的，我在说这些话的时候，心胸慢慢开阔起来，对一些细小的问题都觉得无所谓了。接着又说了些什么话，我已不记得了。都是些无关紧要的琐碎的事情。诸如两人住在一起时的种种往事、工作上的一些笑话、化妆品、电视等等，都是这一类的话题……在我的脑后，吊床一直悬浮在空中。诗织的白衬衣、用红色茶壶烧的开水、热气腾腾的绿茶，对，想起来的都是这些画面。

“那，我回去了。”我站了起来。

“住在这里吧。”

诗织说。我有点拿不定主意了，但一想到我这个客人睡在床上，她却睡吊床，就不想留宿了，决定回去。

“精神好了吧。”

走到门口时，诗织问我。我第一次稍稍吐露出了内心的软弱：“不知为什么，好了。”

诗织眯缝起了眼睛，带点调侃的口气说：“要不要陪你睡啊?”

“好啊。”我笑着走出了房间。

——房门关上了。当我往电梯口走出两三步时，突然感到一阵强烈的恋恋不舍。我真想再见一次诗织，但回过头去时，诗织已在铁门的里侧了，我明白，她已经回到自己的时间，而且，我折回去也不是想要说些什么，于是，我乘上了电梯……

当我觉得走累了的时候，已经走到离家很远的地方了，结果我像傻瓜似的竟然坐着出租车回到了住处。我睡得仿佛开关处在“OFF”状态一样。这个世界上，只有我和卧床……

电话铃声使我突然醒了。阳光从窗外照射进来，屋里一片明亮。

是他来的电话。拿起话筒，冷不防传来他与往常不一样的奇妙的声音：“刚才，你出去啦?”

“没有啊。”

一看钟，已经下午两点了。竟然睡得这么沉，我自己也惊呆了。明明昨晚十二点左右就已经入睡了。

“你真的一直在屋里?”话筒的那一头，他用怀疑的口吻说。

“是啊，我一直在睡。”

“我打了好几次，一直没人接，我心想这倒是少有的。”

他好像还是疑惑未释的样子。我只是感到十分吃惊。我终于意识到，难道我一直深信不疑的自己的特异功能已经出问题了……我一直以为，他打来的电话我不可能听不见的。面对如今的情形，我内心感到极度的不安。不过，表面上我还是用轻松的语调答道："你这个人也真是，我睡着了，没听见嘛。"

"哦，是吗？不是啦。昨天没能跟你好好畅谈，我在想，明天能不能跟你见面？"

他说什么都是无所顾忌的，但一起在外留宿或是做爱之类的话却决不说出口。他的这种难以言表的绅士风度，也使我觉得非常喜欢。

"好啊。"

明明有空闲，却以忙来推托，这样的话我绝对不会说。哪怕这样的托词是多么的有效，我也不喜欢这种廉价的伎俩。我总是说 ok，总是说 all right。我相信，是什么就说什么更好。

"那，我就订房间了。"

他说完挂了电话。下午已经不早了的房间内，又留下了我一个人。睡过了头，好像头脑有些晕晕乎乎的。

我从小就只有睡眠很不错。我除了“能知道男朋友打来的电话”这一特技外，还有一个优点就是“想要睡的话就能睡着”。我母亲出于个人喜好，在一家朋友做“妈妈桑”的酒吧内打夜工。父亲虽只是个普通的上班族，却出乎寻常的大度，认可母亲从事这样的夜工，甚至自己也常去那家酒吧。我是独生女，晚上往往是一个人待在家里。对于一个孩子而言，这家太空旷了。于是我总是选择数完“一、二、三”就睡觉。关了电灯之后凝望着黑暗的天花板，这时脑子里所想的事太甜美了、太寂寥了，我不喜欢这样。我不希望自己喜欢上孤独寂寞。所以，转眼间我就睡着了。

长大以后，第一次鲜明地回想起这些情形，是在与他初次在外留宿之后踏上归途的汽车里。我们到神奈川县那边去住了一宿，游览了一天，傍晚时分踏上了归途。不知怎的，我很害怕这一天结束，心里充满了绝望。我在车内诅咒着绿灯，每当被红灯耽搁住的时候，心里就松了一口气，内心涌起一阵喜悦。回到东京后，他和我各自又要回到往日的生活状态了，想起来心里就不好受。大概是第一次与他同床共眠的缘故吧，不过最主要的缘由恐怕还是心里一直牵记着他的太太吧。一想到回到住处后我又将是孤单一人，就恐惧得要发疯。

我蜷缩在车里，仿佛在连续不断的灯光中慢慢向底部沉落。我不知道为何会有如此强烈的孤独感。他依然像往常一样态度和蔼，有说有笑，我也会笑出声来。但恐惧并没有消失。人仿佛要冻僵了似的。

但是，在这样的状态中，不知怎的，我不知不觉“咚”地一下睡着了。什么时候睡着的，我真的一点也不记得了。接着在下一个瞬间，我被他摇醒了，只听他说，到啦。当得知已到自己所住的公寓门前，这一瞬间，我在心里叫道：

“哇！轻松到家了！真划算！”

对我来说应该是最难捱、最悲伤的几分钟，轻轻松松地就流逝了。我心想，睡眠真是我的好朋友呀。我醒来之后，在爽爽快快地跟他分手的时候，满脸笑容地向他挥了挥手，心里又一次受到了感动。

——但最近醒过来的瞬间我蓦地会想到，这样的睡眠若是逐渐侵蚀了人生的话，又将会怎样呢？心里不觉有点害怕。最后不仅沉睡到了连他打来的电话都听不到的地步，甚至我每次醒过来都觉得仿佛是死过去后又重新活过来似的。我有时会担心，假如看到睡着的自己，我见到的会是一堆白白的骸骨。有时也会生出这样的恍惚思绪：自己就这样昏睡着腐朽殆尽，一直走向叫做永远的那个世界可能也不错。兴许我已经被睡眠缠附住了。就像诗织被工作缠附住了一样。这样一想，就觉得挺害怕的。

虽然具体的详情他决不会说，最近与他一起睡的时候，我能充分地感受到他整个的身心有多么的疲惫。具体的实情他什么也不对我说，而我对医学知识也一无所知，因此事情到底怎么样，我不大清楚，但我隐约可感觉出，他妻子一方的亲戚大概是希望不惜一切代价维持她的生命，另外他口中曾说出过“都是些好人”的话，以此推测，大概他们曾向他提出过可以离婚的吧。他每次去医院，妻子都在持续昏睡着，此时他一定会想“还活着呀”，为此真心感到痛苦。也许他觉得在妻子去世之前不与她分手是一种体现自己绅士做派的行为。而且我的事情他无法向任何人诉说。他本身已经被各种事情弄得疲惫不堪，即使事情有了了结，他也不可能马上就与我生活在一起。而且就如诗织所说的那样，我究竟能与他交往多久还是个未知数。唉，结果到后来都一样，一切都不过是在兜圈子。对，目前我所能做的，就是保持沉默。现在我只是害怕在我之上的他变得越来越沉重。跟他相处的一年半时间里，我怎么也阻止不了他不断变老。也许我也累了，做爱的时候傻乎乎地想这些事，一点也不舒服。房间里的黑暗好似要渗透进我心里面似的。薄薄的窗帘外面的夜景彻夜通明，闪烁着光芒，远远望去，犹如幻境一般。每当我侧向一边时就向窗外望去，心里在想着呼啸作响的寒风，这阵阵寒风该是在户外漫天狂舞吧。

我与他并排躺在床上。快要入睡时，他突然开口问道："寺子，你开始单身生活以来已经有几年了?"

"啊? 我?"

这问题问得太唐突了，我的声音都变得怪怪的了。这一发问在昏暗的灯光映照下的地面上团团打转，瞬息之间，把过去和现在的记忆都搅和在一起了。

(怎么回事? 怎么啦? 为什么我现在在这里? 刚才都做了些什么?)

跟他在一起之前的事，一时间什么都想不起来了。

“那，那个呀，只有一年呀。在这之前一直是跟一个女性朋友住在一起的。”

“哦，啊，对了。这样说来，以前我给你打电话的时候，有另外一个女孩来接的。怎么样了，那个女孩?”

“结婚了。”我撒了一个荒唐的谎，“留下我一人走了。”

“那可不好呀。”

他说着笑了。我见到身旁宽厚的胸膛摇晃了一下。

“你太太要是知道的话，会光火吧。”

我冷不防若无其事地问道。他神情有点尴尬，之后，他又慢慢转为笑脸，答道：“不会的。如果她本人脑子清楚的话，我们也不会成这样，所以假设不成立。总之，如果她见到了我目前的处境，见到了你，绝对不会光火的，她就是这样一个人。”

“她是个好女人?”

“是。我真是有好女人缘。你也是个好人，她也是个好人……这个世上不会再有了吧，不会了吧。”

他用睡意蒙眬的声音断言道。我害怕这样，于是便默不作声。不知为什么，对此我产生了一种悚然的感觉。在我打量他的过程中，他已经呼吸舒缓地睡着了，望着他闭着的眼睑，听着他的呼吸声，我感觉好像真的能看见他的梦境。

孑然一人，意识在某个遥远的夜里徘徊。

——诗织曾说，当你的呼吸和着这种睡眠中轻轻的鼾声时，说不定就把那个人心中的黑暗吸到自己的身上来了。这时往往自己一边心里想着，我可不能入睡呀，一边又会迷迷瞪瞪地做起噩梦来。

真是这样呢，诗织。最近我好像明白了你这些话的意思。像影子般睡在那个人身旁的话，就像把影子吸取过来似的，也许会把他的内心摄写下来。这样一来，就像你一样，知晓了那么多人的梦，渐渐地就再也回不到从前了，也许心灵的承载过于沉重的话，就只有死路一条了。

也许是像往常一样，在一下子坠入梦乡之前心里总在思忖着这些事的缘故吧，自诗织死后，我第一次在梦里清清楚楚地见到了她，宛如展现在眼前的现实一般，显得十分清晰、生动。

我在我的房间里忽地醒了。

这是在夜晚，在与房间的那一头相连的餐厅兼厨房的木制圆桌旁，我见到了诗织正在插花。她穿着一件我常见的粉红色毛衣，下面是卡其色的裤子，穿着常穿的拖鞋。我迷迷瞪瞪地坐了起来，睡意蒙眬地问道："诗——织？"

"你醒啦？"

诗织转过身来望着我，刚才从侧面望过去神情专注的脸马上荡漾起温柔的笑意，脸颊上现出了小酒窝。我受到感染，笑了起来："刚才我梦见了岩永。很真切的梦，我跟他睡在一起呢。两个人一起躺在床上，正在说你的事呢。"

“什么呀，可别随便在梦里谈论我哟。”诗织一脸纯情地笑着，侧过脸对着我，“你看，这花我怎么都插不好。”

诗织正在把很多白色的郁金香插到桌子上的玻璃花瓶内，可花朵纷纷翘向四处，拢不起来。桌子上还散落着好几枝郁金香。

“你索性把这些花剪短了怎么样?”我说道。

“可我总觉得挺可怜的。”

诗织说完又开始费力地摆弄起来。我看不下去了，站起来朝她走去。从床上起来，手脚有些慵懒，觉得屋内的空气很新鲜。

“让我来试一下。”

我说着用手按住了花瓶，碰到了她白白的手指。这花怎么摆弄都倔倔地翘向各处。

“咦，真的，上面部分都弯曲了呢。”

“寺子，你不是有再高一点的花瓶吗，就是那个黑黑的、比这更大的?”

“哦——好像有的……等等，有的!”我说，

“放在柜子上面，应该是。”

“我拿把椅子过来。”

诗织奔到我睡觉的房间，抱了一把椅子回来，她脸上笑盈盈的好像挺得意。我情不自禁地说道：“诗织，你脸上总是笑盈盈的呢。”

“哪儿呀，怎么突然说起这样的话来？我是因为眼睛小，看起来好像老在笑。”

我抬头望着登上椅子的诗织的颈部。

“这里吗？”

我望着她打开橱门的手。

“对，那儿有一个很长的盒子。”我用手指指。

“接一下。”

我接过她递给我的长盒子，打开后取出了一个黑黑的壶状的大花瓶。用清水洗过后，再用抹布擦干，往里面灌入了水。水声在夜半听起来激越清冷。

“这下可弄妥了吧。”

从椅子上下来的诗织说了声“好嘞”，嫣然一笑，我朝她点了点头。诗织插花比我在行，我就在一旁把散放着芬芳的郁金香一枝枝地递给她，她小心仔细地一枝枝插上……

忽地，我醒了。

“咦?”

我大感惊奇，光着身子“嗵”地坐了起来。

诗织不在。

刚才的场景太真切了。我突然降落到了与刚才不同的地方，身旁睡着个男人。夜色浓重，房间沉落在一片昏暗之中，汽车在窗户外行驶而过，闪过一片空茫的灯光。

对周边环视了一会儿后，我立即回到了现实中。梦中的场景太真切、太强烈了，脑袋嗡嗡作响，眼前的一切恍如幻境一般。只有一点感觉是确切的，那就是时隔多日后，我又见到了诗织。

我明白了，我终于明白是怎么回事了。正是像我目前的状态，才真的需要有人来陪睡。像如今的我这样的人。倘若诗织睡在我身旁的话，一定也会做我刚才经历的那种强烈而动情的梦。将做梦者引入梦想的另外一个现实，真切的色彩和视角、肌肤与肌肤的触碰……不知怎的，我惊得呆呆地直望着床套。

“嗨。”

突然有个声音向我发来，我大吃一惊。回头一看，他已清醒地睁开了眼睛望着我。啊，又是夜的尽头啊，我蓦地想到。

“你怎么啦？怎么猛地坐起来？是不是做噩梦啦？”

“不是，是美梦。”我说，“是个非常美好的梦，我在梦里太开心了，都不愿意醒过来。我真不愿意回到这样的地方来，简直像一场骗局一样。”

“大概是半梦半醒吧。”他自言自语似地小声说着，抓起了我的手。我意识到就在这一瞬间，热泪涌上了我的眼眶，紧接着便扑簌簌滴落在了床罩上。他见状惊讶地一把把我拉进了被褥里，虽然这并不是他惹出来的事。

“我懂了，你大概是太累了吧。行，这样吧，这个星期已经无法跟你见面了，不过下个星期带你去吃点好东西。哦，对了，下个星期不是有焰火晚会吗？我们到河边去吧，怎么样？”

他一个劲地说着。贴在我耳边的肌肤热乎乎的，可以听见他胸脯的起伏鼓动。

“人会很多的——”我笑着说，眼眶里虽然噙着热泪，心情却已有些轻松了。

“即使不去河边，只要在附近的话，也可以看到一些吧。对了，我们去吃烤河鳗吧。”

“嗯，吃烤河鳗吧。”

“你知道有哪家店比较好吗？”

“嗯——那家沿街的大店怎么样？”

“那家不行，他们除了做烤河鳗以外，同时还做天妇罗什么的。不正规。再靠里边点的没有了吗？”

“噢，对了，在寺院的后面有一家小店。我们去试试看吧。”

“河鳗这玩意儿，就讲究个刚刚捕捉上来的新鲜度，这非常重要。”

“还有米饭的软硬程度，涂抹上去的调味汁也很重要。啊，这说的是鳗鱼饭了。”

“对对，米饭若煮得烂烂的，就会使人食欲大减。我小的时候，烤河鳗可是个好东西呢……”

我们俩说了老半天的烤河鳗。说着说着，话语就渐渐地断了，不知不觉间，两人几乎同时进入了沉沉的梦乡。这是一场已不记得梦中情景的、深沉而温馨的睡眠。

他妻子所在的地方，是何等深沉的夜色的底端啊。

诗织所在的地方，是不是距那里比较近？一定是一片非常深沉的、浓度很高的黑暗。在睡眠中，我的灵魂是否也在那一带踯躅徘徊过呢？

——就在醒来之前，我脑子里在思忖着这些

事。接着，窗外阴沉的天空迅速跃入了我的眼帘，朝身旁一瞧，他已经不在了。看了一下钟，已经下午一点了，我大吃一惊。极度的惊讶使我立即起了床，嘴里不住地说着“哎呀呀、哎呀呀”。床头柜上有一封信。

“你这个人呀，也没去上班，怎么会这样贪睡呢？

我身边的女人好像都在睡。

看你睡得很熟，就没有叫醒你。房间我已经延长到下午两点了。你就好好地睡吧。

我还有工作，先走了。再联系。”

每个字都像是习字作业一样，一笔一画写得清清楚楚，字迹很漂亮。这个人竟然是写这样的字呀。我产生了一种错觉：比起昨天我拥抱着的本人来，这字迹使我更加真切地把握到了他清晰的轮廓。我呆呆地对着这封短信凝视了很久。

我单穿着一件 T 恤衫睡觉，虽然已经是夏天了，浑身却是冰冰凉。云朵闪着银光，高高地覆盖在城市上空。我望了一眼楼下的车流，脑子里依然是一片混沌。换了衣服，立即洗了脸，刷了牙，可双眼依然睡眼惺忪，我只感觉到仿佛渗漏一般，睡意从我的内心中一点点渗泄出来。

我去了咖啡厅吃午饭，可手脚却不听使唤，像飘浮在空中一样，令我觉得有些伤感，嘴和胃和心都完全协调不起来。从窗外射进来的使人有些眩晕的淡淡的阳光中，我的眼皮好几次都快合上了，心里一边在倒算着睡眠时间。怎么算都有十个小时以上了，为什么还一点都没清醒过来呢？往常的话，不管怎样睡过了头，人感到发困，只要过了半小时，头脑就很清醒了……现在却感到连这些思想都仿佛不是从自己的头脑中发出来的。

我晕晕乎乎地坐上出租车回到了家，把衣服扔进洗衣机后靠在了沙发上，眼皮又觉得迷迷瞪瞪了。

一点办法也没有。

待意识清醒过来时，我发现自己的脑袋正在靠背上一点点下沉。我猛地一下坐起来，拿起杂志来翻阅，结果发现同一个地方已经看过好几遍了。我心想，这简直就像下午上课时盯着课本想要打瞌睡一样。接着又闭起了眼睛。外面云层厚厚的天空流进了屋内，好像正在侵蚀我的脑髓。正在转动着的洗衣机的声音，也一点无法使我警醒。我已经变得对一切都无所谓了，胡乱地脱掉衬衣和裙子扔在地上，就上床睡了。被褥凉凉的很舒服，枕头在甜美的睡眠中柔软地凹陷了下去。

当我听到自己平稳安闲的轻轻鼾声时，发觉电话铃声响了。我当然很清楚，这肯定是他打来的电话。仿佛是要显示性格坚韧的他的爱情似的，电话铃响了一次又一次，可我却怎么都睁不开眼睛。我心想，这铃声简直像咒语一般。意识虽然很清醒，却怎么也起不来。

——是她在发咒语？

这样的念头一刹那间浮现后立即又消失了。从他说话的神态中可以得知，他妻子不是那样的人。

她是个非常善良的人。人觉得太困，思绪便如在浓重的暮色中游荡一般徘徊不定。

敌人一定就是我自己。

在朦胧的意识中，我确信如此。睡眠宛如丝绵一般慢慢将我裹紧，吸走了我内在的生命力。舞台转暗。

在睡眠中，我好几次听到他打来的电话铃声。

接着醒过来的时候，整个房间已经沉落在黄昏之中。我抬起了手，手的轮廓黑乎乎的朦朦胧胧，我脑子里空蒙地意识到："已经是黄昏了吧。"

洗衣机的声音当然已经停息了，屋内一片寂静。觉得浑身酸胀，关节疼痛。时钟指着五点。肚子很饿。吃一点冰箱里的橙子吧。哦，对了，还有布丁。于是我站了起来，穿上了地上的衣服。

——非常、非常的安静，静得好像整个世界就只剩下我一个人了。我怀着一种无法言说的奇异的心情，"啪"地一下打开了屋内的电灯，朝窗外望去。报童在往各家信箱里放报纸，周边的人家还没有一户亮着灯，东边天际呈现出一片橙红色。这时我才明白了，不觉脱口而出："原来是早上五点啊!"

声音有点干涩。我打从心底感到害怕。钟已经转了几圈了？现在是几月几号？我不顾一切地冲出房间，走下楼梯，打开了信箱内的报纸。还好，只是睡了一个晚上。我心里感到了宽慰。但有一点是确切的，那就是连续睡眠的时间已经很不寻常了。我认识到自己的身体出了毛病。眼前总觉得晕晕乎乎的。黎明时分的青白色在街巷中蔓延，路灯的灯光是透明的。我真的非常害怕回到房间里去。肯定又会睡过去——心里甚至想，索性就放开手脚睡个够。我甚至觉得，自己已经走到了人生的尽头。

我就这样晃晃悠悠地向外面走去。

天空还有点幽暗，使人感到呛噎的夏日的气味充满在凉爽的空气中。在街上走的人都是老人，或是晨跑的人，或是晨归的人，或是遛狗的人。和这些有目的的人相比，只有空着双手在茫然行走的我，看上去像是在拂晓中游荡的亡灵。

我也没有明确的目标，就那样缓缓地朝公园方向走去。这个就在我所居住的公寓后面的、建在住宅区缝隙间的公园，实在是块很小的绿地。我常常与诗织来这里通宵地散步。这里就只有些长椅，一块沙地和秋千。我一在这张发旧的木长椅上坐下，就像一个失业者似的双手抱住了脑袋。肚子在咕咕地叫，我不知该怎么办，一筹莫展。我到底怎么啦！我似乎已经走到了某个阶段，已经无法用自己的意识来支配自己的行为了。即便是这样，也依然觉得困得不得了，什么事都无法认真思考。

雾升起来了。放置在沙地上的色彩缤纷的各种动物的模拟物笼罩在一片雾霭中。湿润的绿色植物的气息和泥土的芳香充满了整个公园。我抱着脑袋，与想要闭起来的眼睛作着斗争，一边望着显得有些黯淡的裙子的花样。

“你哪儿不舒服吗？”

耳畔响起了一个女子的声音。我觉得很难为情，刹那间曾真的想装出一副身体不适的模样，但又一想，要是对方真的认真起来反倒麻烦，便放弃了这一念头，随后抬起了头。坐在我旁边、正在观察我的是一个穿着牛仔裤的高中生模样的女孩，有着一双仿佛眺望着远方的、宛如水晶般透彻的、很大的、奇异的眼睛。

“噢，没事，只是有点发困。”我应道。

“你脸色好像很不好。”她担心地说道。

“没事的，谢谢你。”

我笑了笑，她也笑了。花草树枝在晨风中飒飒地摇曳，飘过一阵凉爽的清香。她坐在我身边没有动，我也没能够离开，坐在长椅上眼望着前方。她身上有一种与周围颇不和谐的异样的气息。长长的头发松松地垂在肩上，长得很秀丽。尽管如此，给人的印象却有些不正常，我觉得这孩子神经也许有些反常。心里虽这么想，可因为身旁有一个人，心情也就渐渐地松缓下来了。

我心想，以前常与诗织一同坐在这里，瞧着对面的秋千。通宵达旦看录像片，脑子兴奋得睡不着，这样的清早便去便利店买了热茶和饭团，坐在这边吃。我最讨厌的那种叫做金枪鱼饭团的东西却是诗织最喜欢的……

“你现在马上去车站。”

冷不防听到她这么说。我不觉悚然一惊。我又开始犯困了。往身旁一瞧，她一脸严峻，皱着眉头阴气沉沉，说话的声调也与刚才完全不一样，坚决而低沉。

“啊？车站？”

我不知该如何回答。还真是个神经兮兮的女孩呢。我有点害怕了。她站了起来，走到我的面前，直瞪瞪地盯着我。这眼神真的很奇怪。虽是盯着我，但目光的焦点却像是凝聚在远方似的。我对她的一双眸子看得入了神，一句话也说不出来。她又继续说道：

“然后，你去买一份工作招聘的报刊。从里边去找一份打工的活儿，只要很短的期限就可以了。时装新品的促销员也可以，会展的接待员也可以。但不能做事务工作，这活儿你会睡着的。总之，要做一份站着的、舞动手脚的工作。你这样子我看不下去了。再这样下去的话，你就有可能不再是原来的你了。这真的很可怕的。”

我只有默默地听着。怎么看年岁都比我小的她，不知怎么看上去却比我大。很奇妙的，她所说的话也直抵我的内心，令人觉得有点怕怕的。她虽然一脸认真，却不是发火的语调。该怎么来描述呢？她一口气说了这一长串话，语气里含着一种豁出去的、无法再忍耐的情绪。

“为什么？”我嗫嚅着说。

“今后我肯定无法再见到你了。现在也许是因为你在我非常近的地方，所以遇见你了。”她说，“我并不是劝你去打工。不是的。只是你的心灵已经疲惫到了极点了。这样的人，并不只有你一个，有很多呢。但只有你，好像是因为我才弄得如此疲惫的……看上去好像是这样的……对不起，真对不起。我是谁，你该明白了吧？”她直勾勾地盯着我的眼睛，仿佛在念咒似地问我道。

“你是……”

从我自己嘴里发出的声音响亮异常，我忽地睁开了眼睛。眼前一个人也没有，只有笼罩着公园的、使我的视野变得模糊的冷冷的雾气在氤氲飘荡。

难道是梦么？

我心里依然无法释怀，晃晃悠悠地站了起来，走出了公园。刹那间脑子里闪过一个想法：是否要去车站？不过我不是那种性格直率的人，而是一个相当别别扭扭的女子。即便刚才的情景是一场梦，但对做了这场梦的自己却颇为不满，结果还是回到房间又睡了。我已经无可救药。

刚醒时是最糟糕的了。

饥饿感、遍体的疼痛和嗓子的干渴使我觉得自己仿佛变成了一具木乃伊。脑子虽然清楚，肢体却酸懒无力，起不来。而且，下起了雨。

虽是正午时分，房间内却是暗幽幽的混沌一片，雨声哗哗。我也不想放音乐，就这样躺在床上倾听着雨声。这时，我想起了待在没有声音的房间里的诗织，想起了在软绵绵的大床上睡不着、而要在摇晃的吊床上入睡的她。

就在这强烈的凄楚袭上心头的时候，电话铃声响了。我知道不是他打来的，但好不容易醒着，也就拿起了话筒。

那是大学时代的同学打来的电话，说是她所供职的公司下星期要举办一个展览会，问我愿不愿意以兼工的形式帮一下忙，就一个星期，当导引和解说的小姐。这样的电话，常常有熟人打来。

拒绝的话已经冲到喉咙口了，可不知为什么，那时我却应了一声“好啊”。事情恰好凑在一起了，这也许使我有些害怕。话刚出口，我就后悔了，但已经晚了。老同学听了很高兴，快嘴快舌地告诉了我集合的地点、工作的内容。没办法，我一一记了下来。

人依然感到发困。

早起，整装，出门。如此简单的事，对一直待在家里等着电话的我来说，却是一件相当艰苦的事。只有短短三天的研修，三天正式的工作，我却感到十分难熬。做任何事都觉得困乏得不行，总是要走神。混在岁数相近的女孩子堆里，一下子要记住好多事，要背诵解说文，要站着工作，这些对我而言，简直如同噩梦一般艰难。也没空静下心来思考。答应了这项工作，我真是后悔得不得了。

但在这极为短暂的日子里，我体会到了，在不知不觉中，自己身上各种各样的物象已经退化到了何等的程度。每天去上班，是我一直所讨厌的，至于出去打打工，原本我一直是无所谓的，现在也没有丝毫的改变，可问题不在这里……怎么说呢，就是脊梁一样的东西，任何时候都可以开始下一件事，就像希望和期待一样的……具体我说不好。但一定是我在不知不觉间丢弃的东西，自己也没有意识到，这一定也是诗织所丢弃的东西。只要运气够好，也许能够一直这样生存下去，但是诗织太柔弱了，她无法忍受住这些。而命运的洪流又过于强大，将她整个地吞噬了。

但这并不意味着我已经有了清晰的眉目。但是，强逼着自己每天早上七点起来，匆匆忙忙地出门去打工，整整一天都要蹂躏自己困乏的心灵和身体，这比起我在房间里沉睡的痛苦来，就更加具有临场的切身感觉。我觉得累极了，连说话的精神也没有了，对他打来的电话，三次中差不多只有一次是好好应答的。即便如此，也已经疲惫得不把它记挂在心里了。一想到这六天结束之后，我也许要重新回到老是睡眠的状态时，心里不觉一阵恐惧，眼前变得一片漆黑。我努力让自己停止思想。有时候甚至连他也一点都不想。简直难以相信。在这样的过程中，我意识到那个不可思议的、狂暴的困乏感就一点点地、真的是一点点地从我的体内释放出去了。脚急剧地肿了起来，房间里脏了，眼睛下方出现了黑眼圈。我并不想要挣钱，这是一场没有目的的劳动，所以除了觉得辛苦之外没别的。

不过，那天拂晓时分在公园里做的那个奇怪的梦好歹总算把我支撑住了。早上七点，当闹钟和立体声音响同时响起的时候，我心里总是厌烦地想，烦死了，困死了，那边的活儿不去做了……每当这个时候，我就会想起那个拂晓的时分，就会觉得对不住那个女孩，因此最后还是没放弃。对于性格懦弱、做事缺乏韧性的我来说，能坚持下来已很不容易了。那双眸子——满含着凄楚的、非常遥远的那双眸子，却怎么也无法使我忘怀。

对，与他相识，也是在打工的地方。

那儿像是一家很大的设计事务所一样的地方，

在一幢很大的写字楼里占据了面积巨大的一个楼面，里面有各种各样的科。我也不清楚这家公司实际上到底是做什么的，总之，我的工作就是接听电话、打字、输入数据、复印文件资料、供人差遣。跟我一样在这边打工的有十多个。

原先做我这份工作的表姐去了美国体验民家寄宿生活，我就在她不在的三个月里代理她的工作，在这期间我就努力装傻充愣。倒也不是说我原本有多聪明能干，而是我知道在这样的地方你若干活太卖力的话，只能造成工作量的不断增加，反而招致自己吃亏，所以干活就偷懒了。只是干一些杂务的话，其实越忙越没有成就感。我一直只是启动了自己电路的三分之一，工作时很不投入。因此也迟到过，也出过差错，输入数据时输一行漏一行，把白纸传真出去，虽然不是故意的，但这样的差错隔三天总要犯一次，结果谁也不来托我做复杂的事，我的工作变得相当轻松。

事情就发生在这样的一个星期天。公司自然是休息的，我因要补救前一天出的差错，就一个人去公司加班。悄无声息的空旷的办公室里，就我一个人在慢慢地将数据输入到文字处理机里。就在此时，一种莫名其妙的不安突然袭上了我的心头。

我害怕装了两个多月的傻之后，自己真的变得傻乎乎，做事情真的变得如此慢腾腾了。虽然这也谈不上什么大的不安，但想到这一点的时候，真的有一种很真切的感觉。在看着绿色屏幕的时候，这种感觉变得越来越强烈了。我本来觉得自己是故意真才不外露，但此时却突然强烈地意识到，自己恐怕根本就不适合做事务性的工作。我心想，我怎么会这样傻，但同时心里却涌起了一阵难以抗拒的冲动：想试试自己真正的才能。眼下公司里一个人也没有，心想，行，干它一下。现在想起来，那时我还有些幼稚。于是我以一种非常迅捷的速度开始输入数据。我真下定决心干的时候，两个手还真听使唤，迅捷地在键盘上快速移动，我已很久没有尝到这种快捷劲头了，心里升起了一种满足感。很快地，就将手头的改错做好了。来了劲头的我，又想把原先积压下来的一些文件做完，就哼着歌又开始打了起来。这情形就如同硬被人要求使用左手的人现在可以用右手了一样。大概心里一直积存着相当程度的应激反应吧，当我看到打印出来的漂亮的页面时，充满了喜悦。真的做起来的话，复印也很快，我完全沉浸在了工作的热情之中，甚至把别人的杂务也一起处理掉了。

两个小时左右，一切都做完了，我长长地吐了一口气，从办公桌边站了起来，看见空空荡荡的大房间里，他静悄悄地坐在最里边的一张办公桌旁。我吓了一跳。我一点都没有察觉到。他虽不是我的顶头上司，但他所在的那个科，我也常去帮点忙，所以对我的懒散的工作作风，他是很清楚的。当时我想，真难为情。他对着我和善地笑着，好像正等着看我什么时候发现他。

“您在啊?”我打招呼说。

“……真想干的话你是能干好的吧。这样的话，我都不想对你说呢。”他说，说完，就一个劲地哈哈大笑，笑得前俯后仰。

然后，我们就一起去喝茶了。就在大楼对面的一家小小的茶室。已是傍晚时分，店里除了我们之外，还有好几对情侣正在享受假日的悠闲，大家都压低了声音说着悄悄话。

“刚才的你，好像回到了你原本的状态，为什么平时工作时不是那个状态呢？”

他问道。我希望给他一个好印象，设想了各种各样的回答，但最后从嘴里蹦出来的，却只是这样一句话：“因为是打工嘛。”

“我完全能理解。”

说着，他又哧哧地笑了起来。对那低低的声音在私语中产生的洁净利落的感觉和清楚明了的手势，我不断地感到一阵阵的惊讶。以前我还从没有用心去观察过他。而且，我还注意到了他戴在左手上的戒指。但我们喝茶时并没有触及这一话题。其实从内心来说，我对他已有妻室感到十分失望。

他跷着二郎腿的脚在换腿的时候，有一次不小心“嘭”地碰响了桌上的咖啡杯托盘时，他惶恐得不得了，一次又一次地对我道歉说：“对不起，真对不起。”

对这种有教养的举止，我很不善于应对。我觉得这样的人不会做出真正伤人的事。确切地说，他会选择可以伤害的人下手。

倒也没什么好紧张的，但两个人几乎都没怎么说话。他长相周正，从侧面看上去，会给人一种很深刻的印象。他不时主动提起话头。我只是点头倾听，一边点着头，一边生出一种直觉，觉得这个人看来会占去我人生大段的时光。也许是因为虽是黄昏，感觉上却像是早晨一样。就宛如两个人睡眼惺忪地围坐在桌子边不讲话时的场景。那时我就这样对今后两人之间可能会发生的各种情事作了种种想象，可不知为什么，想象出来的都是冬天的场景。都是些有蒸汽的白色的房间呀，穿着大衣在行走的两个人呀，以及冬天的行道树等等。这使我感到很郁闷。

像是漫无尽头的一个星期总算过去了。最后一天回到家，脱下衣服一扔，将工资袋丢在地上，就一个人偷偷地笑了。就在这时，电话铃响了。

“喂，我是岩永。”是他打来的，声音听起来很亲切。

“好久不见了。”

“你还在睡啊？”

“没有，我跟你说呀，刚才我见到工资袋，笑起来了。我累坏了。”

“什么？你到外面去打工啦？你可真怪。”

“打发时间呀。”

我说。我把散落在屋内的衣服收拾起来，今晚想痛痛快快地睡一觉。我头脑很清醒，只是身体感到很疲乏。即便睡一个昼夜，这次我也不会害怕了。

“听起来你的精神好像不错，好像是跟你初识时的模样。”连他也受到了感染，说话的语气显得挺开心的。

“是呀，说起来真有点这样的感觉。”我一边将已经有点褪色的指甲油洗掉，一边说道，“没准你和你太太相识是在读高中的时候吧。而且，你太太那时是长发飘飘吧。”

“怎么回事？你一到外面打工，竟然具有特异功能啦？是这样的，是十八岁的时候。”他兴致勃勃地告诉我。

“……还真是这样啊。”

说着，我眼睛里突然盈满了泪水。这眼泪连我自己也觉得莫名其妙。接着，他告诉我上次说到的去看烟花吃烤河鳗的计划，跟我说定了相会的地点，我一边听着一边记了下来。这时，觉得手边也好，整个房间也好，都充盈着一股温暖，恍惚之间变得亮堂起来，闪烁出了光辉。

我们朝着河畔行走，宽广的大道上已禁止车辆通行了。众多的人挤满了整条大道，都朝着河边、朝着烟火的方向走去。人们穿着夏日的浴衣，把孩子掮在肩上，说说笑笑，不时地抬起头来仰望天空，向着同一个方向涌去，就宛如祇园庙会[①]一般。我还从未见过这样的景象，不免有些迫不及待。人们在仰望天空时，脸上洋溢着盼望烟花早点燃放的期待，显得神情欢快。

“这模样，看来河边是没法去了，你看，人这么多。”

他带着失望的语气说。我抬起头，从侧面望着他汗水涟涟的脸。

“没关系的，多少能看到一些吧。”我说。

“不到高处去的话，恐怕看不到。”

“没关系的，能听到燃放的声音就行了。”

---

① 祇园是日本京都市八坂神社的旧名。祇园庙会是日本代表性的祭祀活动之一，7 月 1 日至 31 日在京都市东山区八坂神社举行，其中 17 日的彩车巡行较著名。

我踮起脚尖向远处望去，只见要过桥的人已排起了长长的行列，桥墩下是黑压压的一片人群。沉落在深蓝色中的夜空，显得格外广大。警察站在暗处，人们在往前行走，仿佛被绳索推着似的。我们在人群的队列前停了下来。

对我们而言，重要的不是烟花，而是在这样的夜晚，在这样的地方，相聚在一起同时仰望天空。重要的是我们互相挽着胳膊，与在这里的人们一起仰望着同一个方向，倾听响亮的烟花的声音。受到周边热烈气氛的感染，我的心头充满了激动。不知不觉间，他也好像真的很想看烟花了，在一旁瞧着他迫不及待的神情，不知怎的，觉得他年轻了许多。

不知不觉间，我觉得自己体内有一种蓬勃向上的精神重新被激活了。即便这只是失去了朋友、在日常庸碌的生活中倦怠了的我的心灵所经历的些许波澜、一次小小的苏醒的故事而已，但这也说明了人其实是不容易被摧垮的。这样的经历以前是否有过，我已经不记得了，但当我独自与存在于自己内部的黑暗正面相对，当我内心深处伤痕累累、疲惫不堪的时候，一种莫名的坚强便突然间冒了上来。

虽然我没有任何变化，两个人的状态也没有任何变化，但是在这样的微澜反复不断出现之后，我就希望跟他永远在一起。至少如今我们已经走过了最艰难的阶段。虽然我并不清楚这到底是什么，但心里有这样的感觉。所以，现在我也许还能再喜欢上别人。

——不过，我大概不会这么做了吧。现在，我想跟站在身旁的这个高个子男人，重新开始一场生动的恋爱。跟自己非常喜欢的人。就用我如今的这细细的胳膊、柔弱的心灵去拴住他的一切。设法用我这不确切的全身去承受住今后应该会发生的纷杂烦乱、无数可怕的事。

啊，真的就好像在刚才这一刻才醒过来一样，一切的一切都显得惊人的清澈、美丽。真的很美。在夜色中行走的人们，与拱形灯柱连成一体的灯笼的亮光，站在有些凉爽的晚风中、急切地抬眼眺望着正上方天空的他的额头线，这一切真的很美。

一切都显得太完美了。正这么想着，突然觉得眼泪要涌上来。四周风景中的一切，映入眼帘的一切都是那么可爱。啊，能在此刻、在这里彻底苏醒了过来，真是太好了。往日挤满了车辆的这条大道，如今变成了如此宽广的一片开阔地，我们俩站在路中间，期待着烟花的燃放，吃了烤河鳗能够睡在一起，这样的夜晚，我能以如此清爽的精神来欣赏，真是太开心了。

我的心情就像在祈祷。

——祈愿这个世界上的所有的睡眠都能同样的甜美舒心。

不一会儿，天空上响起了雷鸣般的轰隆声，只见到一半的烟花在巨大的大厦背面闪现出来，宛如水印一般在瞬息之间将天空装扮得五彩缤纷。

“嗨，看见了吗？就刚才，我看见了。”

他怕个子矮的我看不清楚，像个孩子似的欢喜雀跃地摇晃着我的肩膀。

“嗯，看见了。看上去小小的，很可爱的，就像带花边的杯垫一样。”

我回答道。在透明的夜空中升腾起来的小小的光束，看上去显得十分遥远，都不像烟花似的。

“真的呢，怎么说，就像烟花的微型版似的。”

他应道，眼睛依然仰望着天空。烟花接二连三地在天空中绽放，激起了一阵阵的欢呼声，只有燃放的声音稍稍晚了几秒在夜空中回响着。人群依然在向河边涌去，人越来越多，纷纷从我们身旁穿过。我们还是站在那里，仰头望着夜空。大厦的背后不时可见小小的烟花升起来，不知怎的，我看了满心欢喜。我们俩紧紧地互相挽着胳膊，等待着下一阵烟花的升起，心潮澎湃。

夜和夜的旅人

My Dear, SARAH

It was spring when I went to see my brother off.

When we arrived at the airport his girlfriends who were dressed in beautiful colors waited for him.

Oh, I was sorry, in these days he had many lady lovers.

The sky was fair...

当这封早先的信的草稿从抽屉的里侧露出来时，我不禁强烈地感到一阵亲切，暂时停住了正在收拾的手。接着，犹如旁白一般，反复地诵读着这封英文信。

这是我写给一年前死去的哥哥芳裕在高中时代交往过的一个名叫莎拉的留学生的信。莎拉回到波士顿后，哥哥就对家人说想到外国去生活一个时期，紧接着就冲动地追着她去了美国。他在那里边打工边玩，将近一年都没回来。

……读着读着，我脑子里不断回想起了当时的一些情景。哥哥当年鲁莽地去了美国，跟我们几乎都没什么联系，莎拉怕我们挂念，就写信给我，一一叙述哥哥的近况，这封信就是我给她的回信。当时我正在念高中，对现今的情况毫无预测，我一边翻着词典，一边心怦怦直跳地给那个温柔美丽的美国女孩写回信。对，莎拉是一个长着聪慧的蓝眼睛的、很可爱的女孩。她对日本的任何东西都喜欢，老是跟在哥哥的后面。在她呼唤哥哥的名字“芳裕、芳裕”的声音中，充满了真切的爱情。

莎拉。

“英语你有什么不懂的地方可以问她。”

哥哥突然推开了我的房门，就用这种大大咧咧的方式向我介绍了莎拉。这是我第一次见到她。当时是他们俩去参加了附近神社的夏日庙会，回来时莎拉顺道到我家来坐一下。那时我恰好坐在桌子前做着一大堆暑假作业，正好她上门来，我就请她帮我写英文作文，因为莎拉显得非常愿意帮忙，我拒绝她的好意好像不大好。不是我瞎吹，我从小就英文这门课成绩很好。

于是哥哥就说，那么就把莎拉借给你一小时吧，完了后送她回去。说罢，哥哥到客厅里去看电视了。

我用结结巴巴的英语对莎拉说，不好意思，打搅你们约会了。莎拉笑着以一口流畅的英文说，ok，ok，我来写的话，五分钟就完事了，这点时间你还可以对付一下其他学科的作业。她嗓音甜美，一头金发像瀑布般披下来。我费力地对她说，你就以“我的某一天”为题适当写一篇吧。你要是写得太复杂的话，就会让人看出来这是请人代写的，按照这篇范文的程度写就行了。

于是莎拉就问我说，那你每天早上几点左右起来的呢？早饭是日本式的呢，还是面包？下午是怎样度过的呢？她一边问一边写，一会儿就写完了。

我看了她写在稿纸上的作文说，哇，这样漂亮的字可交不出去呀，还得用我蹩脚的字再抄一遍。莎拉听了大声笑了起来。

就这样，我们一点点熟了，说了许多话。这是一个金钟儿鸣唱、有点凉意的夜晚。我房间的地板上有一张小矮桌，莎拉就用肘部倚靠在矮桌上做作业。很奇怪的，这情景使得我的房间顿时成了一个明亮的多姿多彩的世界。金发碧眼。洁白剔透的肌肤。面对面凝视着我的、不时颔首点头的、尖尖的下颚的线条。

真是一个洋人呢，我想道。和外国人贴得这么近说话，在我还是第一次。一点也没思想准备，一个外国女孩突然就来到了我的房间。民间庙会的音乐声随着晚风飘荡过来。夜空黑黑的，一轮圆月高高浮现在天际。微风不时地从敞开的窗口轻轻拂来。

“在日本开心吗?”

“嗯，很开心的。也交了很多朋友，有学校里的伙伴，还有芳裕的朋友。这将是我一年中最难以忘怀的。”

“你喜欢我哥哥什么?”

“你哥哥如同是一个巨大的能量块，要不被它吸引是不可能的。这并不是因为只是充满了能量，而是使人感到这是一种从内心涌现出来的、永不会枯竭的某种知性的力量。只要跟他在一起，就会使人觉得自己好像也会不断地变得生机勃勃。觉得会以一种极其自然的方式到达一个非常遥远的地方。”

“莎拉你如今在学习什么？不久就要回到波士顿的大学去吗?”

“我在研究日本文化呀。一年后回去……和你哥哥分手虽然不好受，但我爸爸妈妈都喜欢日本，常来这里，芳裕也说，想到美国来看看，所以今后还会见面的吧。现在我在拼命学习日语。不过，学习这事儿说到底还是个兴趣的问题。我会终生不断学习的，不过，我还想成为一个像我妈妈一样的好母亲。从这意义上来说，我对日本的女性很有兴趣。比起美国女孩来，我自己恐怕更容易与日本姑娘产生共鸣。我有些地方看上去不大像美国女孩，是吧？将来总还是要跟一个从事商务的人结婚，对，就像我爸爸那样的，在世界上到处走的商人。并且，我还想建立一个幸福愉快的、像样的家庭。”

“我哥哥他……虽有可能成为一个国际性的人物，但恐怕不合适做一个商人吧。”

“哈哈哈，真的呢，很有可能立即被炒了鱿鱼。他不大顾及别人的。”

“可是，你瞧，他还是高中生呢，今后很可能还会改变。他要是对商务有兴趣就好了。慢慢培养他在这方面的兴趣怎么样？”

我说的全是些孩子气的话，听起来比梦更遥远。不过，莎拉也很幼稚，对这样的事情充满了幻想。挺直的腰板，显示了她对未来的毫无畏惧。那双初涉爱河的眼睛，只看得见自己的爱人，无所畏惧。这是一双坚信梦想一定会实现、现实要靠人去推动的眼睛。她听了我的话后，“扑哧”一下笑了起来，宛如做梦似地说：

“是呀，要是芳裕该多好呀。在日本和波士顿都有个家，可以经常来来往往。这是最大的幸福了！我也很喜欢日本，芳裕要是能喜欢上波士顿的话，那么两个人都有两个祖国了。以后，我们的孩子将在两种语言环境中成长！……然后我们全家人一起出外旅行。那多美啊……”

莎拉的事已经是太久以前的事了，平素一点都不会想起她，她现在在哪里、在做什么，也毫无音信。就在这样的一天，突然掉出了这封信。信一直夹在了拉出的抽屉背后黑黝黝的、书桌里面的角落里。我心想，这是什么呀，于是把它拈了出来，用手指轻轻打开，于是，仿佛是多年来的咒语禁锢在空气中慢慢被释放出来一样，一切又开始了。

亲爱的莎拉：

我为哥哥去送行是在春天。

到了机场后，哥哥正和穿得花枝招展的女

朋友们——啊，对不起，那时哥哥有很多女朋友——在等候。那天天气晴朗，哥哥心情很好，为要出远门而情绪亢奋，受了他的感染，我们也在一边叽叽喳喳地有说有笑。整个气氛轻松欢快。大家都在为哥哥和你的爱情而祝福。说来有些奇怪，哥哥就有这样的能力，他的行为不知不觉间就会得到人们的理解和认同。这一点你是知道的吧？

恰好是樱花盛开的季节。我记得樱花的花瓣闪着光亮在四处飘落。

哥哥很少写信来，这也意味着他一切都好吧。祝生活愉快。也请再到日本来。

期待着再次见到你。

芝美

还是在我的少女时代，曾经跟哥哥和表姐球绘三人在黄昏的街上行走。大概是做法事还是什么事，那天有很多亲戚聚集在一起，我们觉得很无聊，就溜了出来，漫无目的地在街上闲逛。

那是在父亲老家附近的河堤上，在遥远的河对面，暮色渐渐沉落下来的时分。不一会儿路灯亮了，映照在河边上，靛蓝色的透明的空气在眼前悠悠荡荡地升了起来。天空还残留着一些光亮，所有的一切渐渐融入了暮色中，很美。

在这之前都说了些什么话我已经记不清了，不过哥哥这样对我说："也就是说你呀，你对人生的污垢太无所谓了。"

确实，我曾肆无忌惮地说，我将来一定要成为一个实业家，或是成为一个贵妇人。为什么呢？已和实业家结了婚的、成了有钱人太太的令子姨妈穿着丧服的样子实在太好看了，那条真正的珍珠项链太漂亮了，只要有钱，我肯定也能显得那么优雅高贵！

哥哥继续说道："你呀，到了那个时候，就会积起莫名其妙的人生污垢，对你自己来说，衣服也好珍珠也好，肯定不会显得像现在那么好看。问题是那个污垢。不能老停留在一个地方。一个人活着，应该永远要把目光投向远方。”

“哥，你不也是老待在家里?”我说道。

“你这丫头心里明明白白，却对我故意装糊涂，真是个坏家伙。我说的不是身体。还有，我们现在还是孩子嘛，所以待在家里。以后，我们就能到任何地方去了。”哥哥笑了。

那时，球绘呆呆地说道：“我还是觉得有钱人好。”

“你们这些人，根本就没在听我说话。”哥哥苦笑道。

“你说的话，基本上还是明白的。可我还是喜欢做一个贵妇人。你想，我又不喜欢东跑西走，不想分开的朋友也很多……”

比我大三岁的球绘，那时看上去已经很像大人了。她总是能够把自己脑子里想的事，明白清楚地表达出来。

“我想谈一场轰轰烈烈的恋爱。”球绘说。

“你说什么?”哥哥问道。

“你看呀，我今后的人生恐怕与现在也不会有什么大的差异，只有来一场轰轰烈烈的恋爱了。而且，我期待是一个残破的结局。到后来是耷拉着脑袋去出嫁。因为轰轰烈烈的恋爱到后来都是悲剧收场。”球绘说。

“嗯，我懂。”我说。

“怪女人。”哥哥说。

球绘笑着说：“芳裕你还是快点成个有钱人吧。那样的话，在一场轰轰烈烈的恋爱之后，最后我还是来到你身边吧。这样既简单，我又熟悉你的性格为人，能放心。”

也许从那时起，哥哥就具备了得女孩子青睐的素质了吧，他被年长的美丽的表姐这样调侃之后一点也不难为情，而是毫不退缩地说：“是呀，这样一点也不麻烦，真好呀。”

“双方的父母也会很高兴吧。”

“能和球绘住在同一个家里，真开心呀。”

我说。

球绘点点头，笑了。

“从今往后，会发生各种各样的事情吧。”

哥哥自言自语似地说道。现在想来也觉得奇怪。为什么哥哥在那样年少的时候就懂得了人生的各种事情呢？为什么他那个时候就一直在思考着人生的计划、已经知道了不要停留在一个地方而要不断地往前发展，看上去显得那么成熟呢？

我们一直沿着河边走。水流声哗啦哗啦的极响，听起来周遭反而感觉很安静。不过我们三人说话的声音很响，这些毫无遮拦的童言，现在想来倒是带着某种奇妙的意味。

我时常想起暮色中河流一直伸向远方的情景。

自哥哥死后，已经有一年了。

今年冬天，雪实在下得多。兴许是这缘故吧，我夜晚几乎不出门，一直在屋里度过。我在念大学，已经决定留一级了，所以不需要补考。也就是说，应该是很有空闲很开心的时光，可不知为什么，我拒绝了滑雪呀温泉旅行等一切的邀请。也许是喜欢那种被大雪困住的感觉吧。平日里的街景蒙上了一层厚厚的积雪，宛如科幻电影中的场景，很有趣。仿佛置身时间的雪堆，周遭万般皆静止。

今晚是个雪夜。外面簌簌的落雪慢慢积了起来。父母亲已经睡了，猫也睡了，家里万籁俱寂，静到甚至可以听见不近的厨房冰箱的嗡嗡声和深夜的大街上驶过的汽车声。

我正在聚精会神地读书。因此刚开始一点都没有察觉到，过一会儿猛然抬头，看见有一只白手在“咚、咚、咚”地有节奏地敲击着玻璃窗。这场景，使得屋内的空气如鬼怪故事中一般震颤起来。我一下子惊诧得说不出话来，只是呆呆地盯着玻璃窗。

“芝美！”

随着扑哧的笑声，窗外响起了熟悉的球绘的声音。我站起来走向窗台边。打开窗往下一看，满身是雪的球绘正笑着抬头望着我。

“哇，吓死我了。”

我嘴上虽这么说，心里却感觉像做梦一样，还不能相信球绘突然出现在这里竟是真的。她三个月之前一直住在我们家。

“我再让你惊吓一回。”

说着，她用手指了指脚。黑暗中，借助从窗户内透出的灯光，我凝神一看，看见球绘竟光着双脚，不觉失声叫了起来。就在这短暂的时刻中，夹杂着雪花的寒风吹进屋来。

“进来吧，转到大门那边去。”

我说，球绘点点头，朝院子那边走去。

“到底发生什么事了?”

我把毛巾递给她，把屋内的暖气开大后问她道。进了大门的她浑身湿漉漉的，一双手冷得快要冻僵了。

但她本人却既没喊冷也没说暖和，只是双颊通红地说道：“没什么。”

说着，她脱下了湿袜子，坐下来将光脚对着暖炉烤火。和球绘已经很熟的猫从门的缝隙间钻了进来，在她身边磨蹭。她现在是笼中之鸟，不事先申请的话，是不能走出家门的。大概，今晚她在窗边看雪景，萌生了外出的念头，为了瞒着父母，便翻窗偷偷跑出来了吧。幸好她的房间也在一楼……我望着抚摸着小猫的球绘，猜想道。

接着球绘站起来问我："喝咖啡吗?"

我点了点头，于是她就打开房门快步向厨房走去。猫留在了刚才球绘坐过的地方，蜷缩着身子，使得我越加感到她刚才还在这儿的事实如梦似幻。对，住在一起时球绘也总是这样。她差不多跟猫一样在家里自然地快步行走。如果不去管她的话，她永远是呆呆地沉默无语或是睡觉，好像不存在一样，身影稀淡。

以前可不是这样的。

星期一去学英语会话，星期二去游泳，星期三去学茶道，星期四学插花……她是这样的一个人，她就这样不断地参加着各种活动，学什么都聪明，一学就会。那时的她，只要她人在，就会散发出满是活力的芳香。她虽不是个绝色美女，但体型长得很漂亮，双腿修长。脸上的口耳眼鼻，每一处都长得小小的，端庄而轮廓分明，给人清纯的印象。但是如今之所以变得只剩下文静的感觉，我想，这既不是不涂睫毛不抹口红的缘故，也不是年龄已经到了二十五岁的缘故。

一定是球绘关闭了对外界的所有的反应，整个人处于休息状态了。因为她觉得人生只有痛苦而已。

"来了，放了牛奶的咖啡。"我正思忖着这些问题时，球绘笑着把咖啡杯递给我。

"谢谢。"我说道。

球绘就跟往常一样，一个手端着浓浓的黑咖啡，又笑了起来。

"今晚你打算在这里过夜么？"

我问道。球绘的房间依然留作客房，几乎没有动过。不过，球绘住在那里时，基本上不怎么看书，也几乎不出家门，也极少听音乐，所以她在这儿时，就像一个住旅馆的人一样，差不多只是睡觉而已。

“不，我要回去的。”球绘摇了摇头，“否则又要惹麻烦了。趁他们还没察觉。我只是想找什么人说说话，我心想，芝美的话，哪怕这么晚了，肯定还没睡吧，就来了。”

“那，回去时我把鞋子借给你。”我说，“你说想说说话，什么事？”

“也没什么特别的事，只是想告诉你我现在已经好受多了。”球绘说道。

已是夜阑人静时分，所以两个人说话都不知不觉地压低了嗓门。也因此，好像听得见下雪的簌簌声。凝结了水汽的窗户外，白色的雪花正在黑暗中飘舞。一切似乎都在散发出微弱的光亮。

“雪真大呀。”我说。

“嗯，我想今晚会积起来。”

球绘漫不经心地说。明明是光着双脚在一片漆黑中从柏油路上走过来的，但她却对这样的寒冷毫不在乎。她留着一头长发，有一张圆圆的小嘴，此刻正在粗略地翻阅着一本新的杂志。

我把要回去的球绘送到大门口。

雪真的下得很大，就在眼前狂烈地飘舞。连家门前的那条道路，也交杂在黑夜和大雪之中，影迹模糊了。

“假如，”球绘笑着说，“假如明天早上有人告诉你说，球绘昨日深夜死了，你会害怕吧。”

“别说这样的话！深更半夜家里就我一个人还醒着！”我大声说道。

不过，实际上，她说的这些话，倒是跟刚才的感觉有点相似。

在风雪之夜，光着脚来敲窗户的表姐。

“对了，我昨天梦见了芳裕！很久没做这样的梦了。”

球绘说道，一边从口袋中掏出血红的手套戴上，脚上穿着的我借给她的、对她来说太大的鞋，发出吱吱咯咯的响声。在刺骨般寒冷的空气中，这清澈的声音在夜色里显得格外的清晰。

“芳裕的梦，真的有好几个月没做了。我在梦里见到他穿着黑色夹克的背影。我正在路上走，见到前面的人群中有个熟识的背影。我心想，这是谁呀？谁呀？就想，先去看看清楚吧，于是就追了上去。走得越近，心里就越紧张，简直要喘不过气来了，胸口剧烈地上下翻腾。这是个非常可爱的背影。我也说不清是为什么，总觉得非常可爱，真想奔过去抱住他跟他好好亲热一番。就在我要把手搭在他肩上时，突然想起了他的名字。‘芳裕！’我叫出声来，被自己的声音弄醒了。这声音挺响，我是睡在客厅的沙发上的，连睡在里屋的母亲也听见了，她从房内走出来说，你在叫什么呀？我说，我做了个可怕的梦。真的挺可怕的不是？”

说出了想要说的话之后，球绘笑着对我挥挥手说“再见”，然后消失在雪景之中。

哥哥突然决定回国的时候，我从哥哥打来的国际长途电话的口气中，知道他和莎拉的关系已经破裂了。我不知道他们出问题的原因，可就是有一种直觉。

“在这边已没事要做了，我要回来了。”哥哥说。

“我去接你吧。”我说。我心想，翘了课去趟成田机场也挺好，学校和父母都不会说什么的。

“有空的话来接一下吧，我请你吃饭。”哥哥说。

“那倒不用，反正我也有空。还有，叫谁一起去接你呀？要不要叫上次一起去送你的女孩们？”

哥哥在有杂音的大洋彼岸的电话中说：“不要了……你叫球绘一起来吧。”

球绘。

刹那间我未能把哥哥说的名字和球绘表姐的名字联系起来。

“球绘？你怎么想到了她？”

“她给我来过好几封信，半年前也曾到这里来过一次。和莎拉一起三个人吃过饭。所以你去叫她一下。”

那时我已意识到了，哥哥已开始喜欢上了球绘。哥哥也不想隐瞒，坦率地说出了球绘的名字。

对，哥哥和球绘之间，即使不去有意撮合，也自小就存在着某种相互吸引的东西。像是一种什么时候会坠入情网的因素。年龄越是增长，恋爱的经历越是丰富，就越对对方感到痴迷。

我打电话给球绘，问她去不去成田机场。球绘回答说，去。她说她有一次去纽约时，在归途中顺便去过波士顿的。

“在那里吃了晚饭。和莎拉一起三个人。莎拉变化很大。瘦了，像个大人似的，很少说话，也不笑。芳裕还是跟以前一样，快活开朗，不管是在日本还是在波士顿，感觉上都一样。他对莎拉也是这样。只是，只有莎拉显得非常疲惫。我不知道为什么会这样。只是现场的气氛使我感到他们俩的关系已经完了……我心里惦记着这事，回国后给他写了信。但芳裕的回信没有触及这些事，只是说莎拉身体很好，说莎拉是个好女孩，说想念日本，想吃咸鳕鱼子等等。我心想，芳裕真是个好人呀。我真的是这么想的。在波士顿夜晚透明的空气中，对一直注视着自己、对自己有意思的女孩，决不说现任女友的半句坏话。迷醉在旅行中的我，静下心来反省自己，觉得自己的心灵得到了一点净化，于是写了致歉的明信片。芳裕真是个好男人呀。”

结果，我叫我的男朋友开车，带了球绘向机场驶去。

那是个微凉的、美丽的秋日午后，透明的阳光穿透玻璃照在机场的候机大厅里。飞机稍稍有些晚点，在播音员广播了这一消息后，不久就陆陆续续有乘客走了出来。球绘把长发紧紧扎成一个马尾辫。她的心绪也好像那扎得紧紧的发辫，紧张得不得了，一脸心神不定的样子。

“你怎么啦，球绘？”我问道。

“我也不知道为什么。”

球绘说道。她穿着蓝色的毛衣，米色的紧身裙。在大厅白色地面的映照下，她就像一个女主角一般，一张长得很端正的脸正全神贯注地盯着显示屏。她比周围众多的任何一个接机人，都突出地显示出她在这个空间的存在。哥哥老也不出来，而周围开始出现了众多重逢的场面。从里面走出来的乘客的行列，也陆续走光了。我拉着男朋友的手，嘴上说着“真慢呀”，可眼睛却既未看着从里面出来的乘客，也未看着显示屏，而是看着球绘，看着她站在那里聚精会神的美丽的身姿。最后哥哥终于推着大大的旅行箱走了出来，这时球绘拨开人群，以仿佛在梦境中的神奇的速度，迅速走向比离开日本时稍显得有点倦怠的、已经是大人模样的哥哥。

“嗨!”哥哥发现我们后，举起一个手招呼道，接着又对着球绘说，“好久不见呀，球绘!”

球绘微微一笑，用比以前任何时候都老成的口气说：“欢迎回来，芳裕。”

这低沉的音色混杂在大厅里的一片喧嚣声中传到了我的耳畔。

“这两个人是一对恋人吗？”

毫不知情的我的男朋友问我道，我想他们俩以后总会发展到这层关系吧，就点了点头。我看见球绘正对哥哥说有太多话想跟他讲。哥哥点着头说“行行”，便伸手揽住了她的肩膀。

“昨天半夜，球绘来过啦？”早饭桌上母亲问道。

“你怎么知道的？”我吃了一惊。

“昨天夜里我起来上洗手间，看见她正在漆黑的厨房里泡咖啡呢。我也是半梦半醒的，完全忘记了她已不住在这里了，对她说了声，你还没睡啊？她听了后笑着答道，还没睡，姨妈。我也没觉得异样，就回房睡了。这么说来，昨夜的情景不是做梦啰？”

“嗯，她是突然来的。”我说道。

阳光从万里无云的晴空洒落下来，照在积雪上，窗外一片明晃晃的。望着这一景象，心里觉得又像有点发困，又有点心神不定坐立不安的感觉，很奇怪。电视机里正在大声地播送着早新闻，给屋内注入了活力。母亲早已送走了父亲，正与我吃着已经不早的早饭。

“她在那边的家里住得不开心吗?”母亲说。

“那边的家……妈，球绘真正的家是那边呀，那边有她亲生的父母。”我笑道。我知道母亲想说什么。

“在一起生活之后，我倒是挺喜欢这孩子的。”母亲说。

母亲已经不再提及哥哥的事了。这一年来，她把心思转到了球绘身上，非常疼爱她。有时候我会想，生出了这样的儿子，把他养大，接着又失去，这样的事实该是怎样的一场梦幻啊！真的是根本无法想象。我“嗯”地点了一下头，继续啃着面包。球绘在家里的时候，一直陪伴在母亲身边，帮着做家务、拿东西。对于完全无所事事的她来说，这些事也可以消减掉一些她心头的郁闷吧。不过，我也能够强烈地感觉到，球绘具有非常良好的教养，每逢吃饭的时候，她总是微笑着说，很好吃呢。而凑巧遇到两个人同时准备入浴时，她总是伸出手掌谦恭地说，你先来吧。但是我却感觉不到球绘鲜活的生命力，只是觉得她像漫画中的怪物Q太郎或是机器猫那样，是一个与我们相处融洽的幻影。

我在家中能深切地感觉到球绘是一个“活物”的，只有在她哭泣的时候。到后期连这样的情形也很少见了。初期，她刚来不久的夜半，每当我去厨房间泡咖啡的时候，一定会听见球绘独自在客房里低声抽泣。夜深时，透过黑暗微微传来低低的抽泣声，如同梅雨时节的绵绵淫雨一般，浸渗到人的心灵中。当时我也十分消沉，内心就像身处这个世界的尽头那般虚无。而且，那个时候，每当家人都外出、屋内只留下球绘一个人时，她一定蹑手蹑脚地悄悄折回哥哥死后一直保持着原样的房间。从外面回家，发现球绘不在，我不觉担心地走到二楼去寻找，结果看见房门半启的里侧，球绘正蜷缩在哥哥那充满色彩的房间里哭泣。在洗澡时也会这样。有时我会接在球绘的后面去洗澡，在走向浴室的途中，每每会在走廊里遇见刚刚从浴室里出来的球绘，只见她身上散发着热气，脸通通红的，正红肿着眼睛抽着鼻子在低声哭泣。是不是浴缸里的洗澡水也因泪水而变得咸了？我想着泡进了浴缸里，在热腾腾的蒸汽中，我常会感到一阵阵的无奈。

有人说，眼泪能使人慢慢恢复过来，这也许是真的吧。

因为在这样的过程中，球绘就渐渐地不哭了，后来安然无恙地回到自己家去了。

“你要是见到她，告诉她下次挑个能够好好聊聊的时间过来坐坐。”母亲说。

“好的，我见到她会说的。”我说着站了起来。

去学校交了几份学习报告后，我想着要整理一下自己的衣物箱，过去一看，发现有一封给我的信，用胶带纸贴在上面。取下一看，原来是同学研一来的信。上面写着：

还你钱。

后天中午给我电话。

研一

他向所有的人都借了钱，借了不还，逃匿在别处，已经不来学校了。我总共已借给了他五万日元，也根本不指望能还回来。哥哥也是这种脾性，所以我好歹能够理解。他总共合起来恐怕借了相当数额的钱，大家都火透了。有时候在店里看见有自己中意的衣物，我心里也会想，“现在我要是有那个五万日元就好了……”不过再一想，也就算了。他虽然是个好人，但这和那是两回事。人又好，借你的钱又一定准时还给你，若真有这样的家伙，还真叫人受不了呢……可他为何又要把钱还给我呢？

我觉得很奇怪，于是便将信折起来放进了口袋里，穿过了还留着积雪的中庭。

“嗨，芝美!”

我循声望去，见是田中君站在那里。因为他也借过钱给研一，于是我便问他：“是你呀，研一有没有说要还钱给你?”

“没有，根本就没有。哪能呢！我借给他三万块了。他用这笔钱跟女朋友跑夏威夷玩去了。”

“夏威夷?”

“对，他交了个高中生女朋友。”

“这小子。他回来了没有?”

“我不知道。”

“这样啊。”

我点了点头，心想，看来，他只是想把钱还给自己中意的人了。

“怎么，他跟你有联系吗?”田中君问道。

“没有。”

我摇了摇头。他好不容易说要还钱给我了，我可不想把事情弄复杂。

“……对了，我最近常看见你表姐呢。”

“在哪里?”我问。

球绘与田中君曾经见过面。

“在哪里……要么是在路口那家通宵营业的店，要么就在路边，要么‘丹尼斯’餐厅，总之，基本上就在那一带，在半夜里。”

“在半夜里呀。”

我听后点了点头。球绘的游荡并不止于昨天晚上。这不是开开心心地夜里出来游玩，而是类似梦游症一样的游荡。

在雪夜中，她抬起头来望见我屋里亮着灯的窗户时，会是怎样的一种感觉呢?如果户外是一片黑暗的话，屋内就会显得十分亮堂吧?会显得很温暖吧?

这样一想，我心里不禁觉得有些悲凉，于是挥挥手与田中君告别了。

在打完零工回家的路上，我心想，是不是能碰见球绘呢？于是就到了那家灯光昏暗的店里碰碰运气。那家店确实比较暗，但最主要的是它正对着墓地，周围一片漆黑。

球绘在。她正双肘撑在桌子上。我走过去，叫了声“球绘”。

“哎呀，你来得正好。”球绘说着，用手指了指搁在旁边椅子上的一个纸袋。

“什么来得正好呀?”我在她对面落座后问道。

“你的鞋子在里边。”

“哦，是吗?”我笑道。

“对。”

球绘笑着把伊势丹百货公司的纸袋递给了我。在这个纸袋里，我那双破鞋一定已被晾干，擦亮，装在漂亮的盒子里了吧。这种周到得体的做法，都是球绘已经失去了的过去的习惯使然。这样想着，我以一种望着幽灵一般的、带着些爱怜的目光端详着她。

“球绘，这么说来，你打算到我家来一趟啰?”我问。

“嗯，是的。我见你窗口黑黑的，正打算拿着鞋回去呢。”球绘说。

我要了一杯琴东尼后，向她传达了母亲的话：“我妈叫你白天来，说是深更半夜的话，恍恍惚惚的像是梦中见到你一样，不舒服。”

球绘听了就哈哈地笑了。

“那天夜里，姨妈还真是半梦半醒呢。她说的话都有点怪怪的，我也就顺着应应她。”

“她自己也是这么说的。”我说道。

接着两人都没有说话，只是默默地喝着酒。球绘眼睛睁得大大的，注视着窗外的车流。她脸上倒也没有十分哀伤的神情，但少女时代的她，到了夜里就不大有精神，绝对无法熬夜。即使来往于两家人家之间，也是十点一过就睡了。这样一想，就觉得从小就相当熟识的这位表姐，现在好像具备了我所陌生的全新的一面。

“那时候莎拉已经怀孕了，你知道吗?”球绘突然开口问我。

我应了一声“啊?”就一下子愣住了，我得暂且先在脑子里把莎拉和怀孕这两个词搜捡出来。半晌，终于明白了这句话的意思，我才应道：“一点都不知道。”

“是吗？我也是，现在突然想起这件事。在这样暗暗的、音乐声吵闹的地方，很多忘记了的事情，就不知不觉朦朦胧胧地想起来了。而且你瞧，那面的桌子边不是有一个蓝眼珠的女孩吗？于是我就想起了莎拉，心想不知她现在怎么样了……”

“是哥哥的孩子吗?”

“听说也搞不清楚，哈哈哈。”球绘大声笑道。

“莎拉她呀，很长时间一脚踏两船。波士顿的青梅竹马，和芳裕。不过常会有这样的事吧，来自小地方的男孩，在老家和大学里同时都有女朋友。莎拉的情形是带上国际色彩了。听说芳裕是在去了波士顿之后才知道的。结果你想，芳裕是个日本人吧？当他知道总有一天自己是要回日本去的时候，就自动退了出来。听说莎拉试图要留住他。最后的半年里，他们三个人的关系弄得很复杂，理也理不清，芳裕不知如何来应对这种关系，就一直想要逃脱出来。但是在国外，他无处可逃吧。因为他在外国没有其他亲人。莎拉也一样，刚来日本就遇见了芳裕，而且真心喜欢上了他。她心里也很难受吧。那个时候，就是我跟芳裕之间还没有什么的时候，她常跟我说起这个事。她说，在波士顿已经有了个固定的男朋友，而如今自己又是这样喜欢芳裕，但是两个人的祖国不同，我现在虽在日本当学生，但不久就要回去的，想想心里很难受……莎拉的怀孕，是胡乱说说的呢，还是真的，现在搞不清楚。不过，芳裕曾说过，万一是真的话，也肯定是那个家伙的孩子。”

“这些事我一点都不知道。”我说道。嘴上虽这么说着，心里却想了很多。

当然，我所不知道的，并不只是怀孕的事。莎拉在波士顿有男朋友的事，我也不知道。那天莎拉对我说的，只是她在日本期间的梦想吧。也许她是想向我、向我这个天真无邪的妹妹，展现出一个我哥哥的女朋友的完美形象吧。我想起那个帮我做作业的、有着透亮的金色刘海的莎拉。清澈的眼睛。不，不对。那时，莎拉是真心的。那眼神显示出她愿意相信一切都会很顺利……也许，波士顿的男朋友，就是她那时所说的商务人士那一类型的吧？哥哥是觉得自己搅乱了莎拉的人生才从人世上消失的吗？

……心里虽是这么思忖着，可实际上不可能理出什么头绪来。能明白的，只是那时莎拉已经是个大人了。是个比我、比哥哥、比球绘都成熟的大人了，虽然这其实是挺可怜的。

店堂里的黑暗现在正令人惊讶地悄悄沉落在醉意朦胧的我的眼睛里。但是从我的眼睛里望出去，球绘的身姿轮廓，还是要比那远远的坐在吧台边跟客人说着话的神情忧郁的女孩、比那个正与男朋友依偎在一起的长发美女、比那个长着一张孩童脸的坐在窗边翻着杂志抽着香烟的女人，要清晰得多了。怎么会这样呢？我脑子里晕晕乎乎地想着。

“我说……莎拉，她现在没来日本吗?”球绘说。

“你怎么又说起这事了？你想，她只是个留学生，对不？这是好几年前的事了。她连哥哥死的时候，都没来呢。”

我颇为惊讶地说。我并没有有意对球绘隐瞒莎拉来日本的事，这一点她应该很清楚吧。球绘的表情和悦了些，说道：“昨天，我接到了一个很奇怪的电话。”

“什么电话?”

“我接起来说，喂，对方就没声音了。我拿着电话用心听了一阵子，听见后面有个男人在说英语。当然，也有可能对方打这个无声电话时，房间里正在播放 NHK 的英语会话课……但是，这沉默的样子……好像就要忍不住讲出话来似的，又像是举棋不定犹豫不决的模样，就是这样一种感觉。所以，我就有了这样的念头。”

“噢，是这样……”我说道。

那时，说老实话，我对莎拉的事根本就不上心。倒是觉得球绘若无其事地谈论着与早已死了的哥哥相牵连的事，挺可怕的。

“要是有什么消息的话，我会告诉你的。”

“好的。”球绘说着笑了起来。

分手的时候，球绘用清晰响亮的声音对我说了声“再见”，仿佛现在是正午时分似的，然后大步流星地走了。在确定了她的脚步声在柏油路上渐行渐远之后，我也踏上了深夜的归途。

从前，还在我念初中的时候，父母亲曾因父亲有外遇而双双离开过家门。当时正是隆冬时节。

这种事情经常会有，大概是父亲在外面与某位女子有染吧，母亲便歇斯底里地光起火来了，撇下我和哥哥回了老家，于是父亲便去把她叫回来。这次问题好像处理得不顺利，还以为我们兄妹要被抛掷在一边了。而其实情形根本就没有那么糟。我们先是把球绘叫来住在我家里，然后三个人疯疯闹闹地拿着银行卡去取了很多钱，再随心所欲地买回来一大堆东西，每天都喝酒喝得很晚。那时十八岁的球绘在我眼里看来，已经是一名成熟的美丽女性了。

对了，那个时候三个人一起睡的。

也是个下雪的夜晚，冷得够呛，冻得我们都不想去上卫生间。就在玻璃窗外，有一股快要凝冻了的寒气发出“嘎吱”的声音压迫过来。

屋内很暖和，喝醉了吃饱了的我们仨，那天晚上就这样依靠着被炉和衣而睡了。哥哥第一个发出轻轻的鼾声。球绘也迷迷糊糊地横倒在了榻榻米上。我也困得挺不住了，默不作声地躺了下来，眼睛正好与球绘对在了一起。球绘坐了起来，说，那就睡在这里吧。说罢，对哥哥说了声晚安，吻了他脸颊一下。我在旁见了吓了一跳，球绘就笑着也给我一个时间同样长的吻，以示公允。

我说了句“谢谢你”。球绘回我一个微笑，然后天真地躺了下来，闭上了眼睛。在被悄无声息飘降的雪逐渐封锁的深夜，我望着落在她嫩白肌肤上的长长的睫毛影子，睡着了。

最后，父亲和母亲在第四天回来了，当他们见到弄得乱七八糟的家，以及突然穿戴得漂漂亮亮的酒醉未醒的我们三个人，霎时大惊失色，紧接着对造成这一状况的哥哥大发雷霆。

但哥哥并不退却，冲着父母说：“我们想，你们俩说不准会分手，心里很害怕，就弄成这样了。”说得父母亲都哭了起来。那次真是从没这样开心过。

那个时候，夜晚闪闪发光，好像漫长得永无止境。眼睛里总是闪烁着淘气目光的哥哥的背后，好像是一片辽阔的风景。

宛如宽银幕镜头一般。

说不定这就是小孩心目中所展示出来的“未

来”。那时我仿佛觉得哥哥是绝不可能死的、不断在夜和夜之间漫游的什么精灵。

对，由于哥哥后半生几乎没怎么待在家里，在我的印象中，他已不是那个孩提时代的形象了，而成了一个和陌生男子一样的存在。

不过，像这样跟球绘聊聊天，或是夏天酷暑难当的时候，对着家里人发发牢骚，把家里所有空调都开到强档，或是有台风来袭的夜晚，等等，每当这样的时候，哥哥的音容笑貌就会亲切地浮现在我的脑海中。哥哥这个人，不管是近在身边还是远在天边，哪怕是他活着的时候，都是这样的感觉：在你没有期待的时候，他的身影会突然浮现出来，搅得你心胸激荡，精神痛苦。

一大早，电话铃响了。电话就在我房门的近旁，于是我睡眼惺忪地走过去接电话。

“喂，这边是山冈家。”

我的话音刚落，对方传来了“啊”的一声女子的惊叫。我心想，那人是不是球绘所说的莎拉呀，便努力调动遥远的记忆来确认这是不是她的声音，但还是毫无把握。又像是，又好像不是。

“是莎拉吗?”我问。

对方一阵沉默之后，似乎要挂断电话了。这沉默既不表示肯定，也不表示否定。

我刚从睡梦中被吵醒，脑子里一下子还理不清思路。脚底下也觉得轻飘飘的，脑子里各种迷迷糊糊的思绪翻腾在了一起。

假如莎拉现在来到了日本，而且由于种种缘由有些话还不能明白地说，现在还不便说出自己的名字；假如她还只是想确认一下过去的朋友是否还在这里的话……

不过，这些只是我的臆测而已。沉默不表示任何意思。

“等等，莎拉!”我说道。在半梦半醒中勉强迸出的这句英语，才使得对方没有挂断电话。我继续说:“我是芳裕的妹妹芝美。跟你见过好几次，也曾经跟你通过信呢。我已经二十二岁了。莎拉你一定也变了很多吧。也许我与你之间已经什么关系也没有了，但在心里的哪一头总也把你记挂着。前几天我找出了以前写给你的信的底稿，想起了请你帮我做作业的事，觉得十分亲切。”

我停顿不语时，听到了对方传来的些许嘈杂声。好像是后面有人在走动似的杂乱声。接着又是一片沉寂。一会儿，耳朵里传来了嘤嘤的啜泣声，这声音渐渐地响了起来。我心里不禁一阵抽紧，叫道：“莎拉？”

莎拉在哭泣，接着传来了一声微弱的“Sorry……”

确实是莎拉的声音。“莎拉，你来日本了？”太好了，对方开口了。我想着问对方道。

“对，不过没法跟你见面。”莎拉说道。

“你是跟一个男的一起来的？你没法在房间里打电话？你现在宾馆里吧？”

莎拉没有回答，只是一个劲地哭泣。接着，她说道：“我只是想知道一下你们都好吗。听到了你的声音，觉得很亲切，不觉想起了你家的事……上次来日本时，很开心的。”

“莎拉，你现在幸福吗?”我问道。

“是的，我已经结婚了。”莎拉在电话的那一头，第一次“扑哧”一下笑了，又说道，“没事，并没有不幸福，放心吧。”

“是吗，那太好了。”我说。

接着，莎拉冷不防问道：“芝美，你告诉我，芳裕死的时候，是一个人吗？……也就是说，他有没有真正的女朋友？我只想知道这一点。”

我知道，莎拉一定已经感觉到了。她已经在球绘去波士顿的时候，从球绘眼眸的色彩，还有哥哥的目光中察觉到了。因为哥哥望着球绘的时候，目光总是挺异样的。那目光仿佛是在试图将心慢慢沉静下来，来确定眼前的这个人是在动，是有生命的，会在自己面前微笑。

这一情形莎拉一定已经察觉到了。

“对，是一个人。”我说，将说谎时的技巧全部融入了言辞之中。

“女朋友虽然很多，但没有真正的恋人。”

“噢，是吗……不好意思，问你这样无聊的问题……来到日本之后，心情轻松了很多。今天能跟你说话，我很开心。真得谢谢你了。”莎拉说。

这时的她，已不再是忍不住打无声电话、伤感悲戚忍不住要哭泣的莎拉了，而是我所熟悉的、沉着冷静的莎拉了。

“那，你多保重，我得回房间去了。”莎拉说道。

“哎……那么再见了。”

这时我脑子已完全清醒过来了。窗外的天空显现出晴空和大块云层之间的奇妙的明暗对比，整个房间在伤感的氛围中变得明亮了。这天气可真怪。我心里一边这样想着，一边向莎拉告别：“莎拉，祝你幸福，衷心地祝你幸福！”

“谢谢你，芝美。”她说完挂断了电话。

——我觉得仿佛完成了一件大事似的，而同

时，心情又变得怪怪的，似乎是一种非常哀伤的感觉。于是，我再一次认识到了球绘真是厉害，她从一个无声电话中竟能察觉出莎拉已经来到了日本。球绘曾以肯定的目光对我这样说过。她心里其实已经明白了。是的，说不定在梦境和现实之间徘徊的如今的球绘，不知不觉间已经具备了轻松辨识来电话的人的本领。

下午，给研一打了电话。因为说好那天他要还钱给我。

“喂?”

“哦，喂? 是芝美吧?”

“你说要还钱给我?”

“哦，是的，打工赚了点钱，凑够了数目还给你。”

“听说你用我的钱去了一趟夏威夷?”

“夏威夷? 哪儿的话！是热海、热海。”

“大家都以为你去了夏威夷呢。”

“一定是把借大家的钱都加了起来，才推算出我去了夏威夷吧。真是些蠢蛋。田中的钱，我不会再还给他了。”

“你去热海是有什么事么？”

“待会儿再告诉你吧。在哪里见面？看你方便吧。”

“K宾馆的大堂，一点钟。”我说道。

我曾听说莎拉的父母来日本时，常常住在K宾馆。我想，说不准能碰上莎拉。刚才打电话给宾馆的服务台，说了莎拉的名字，对方说好像没见过这样的人。但是，我还是没有放弃希望。

研一答了一句“ok”，就挂了电话。

在宏大的宾馆大堂这样的地方，不管有多少人，基本上还是充满了一种寂阒无人的氛围。我到的时候，研一好像还没来。我把自己深深埋进沙发，打量着四周。

宾馆里到处都是外国人。不过这些外国人大部分都是西装革履的商人，流畅的英语宛如音乐一般，一直飞扬到天花板。我越来越觉得迷迷茫茫了。

不一会儿，我看见研一从透明玻璃门走了进来。

“给，钱。”

他走到我坐着的沙发前，递给我一个信封。我默默地接过了信封。没必要说谢谢。

“现在有时间吗?”

“有啊，没什么特别的事。”

“那我请你喝茶吧。”说着，研一在我对面坐了下来。他一边喝茶，一边笑着对我说：“真是人言可畏啊。夏威夷，我倒是真的想去呀。”

“那，将近五十万日元，你用在什么上面了?你要是不想说，不说也罢。”

“说说也没关系。在热海作了一次豪华游。最高级的旅馆一家家住过来，每天山珍海味，出行有车。待了两个礼拜了。皮肤很光滑吧？到底不一样啊。”

“和女朋友在一起?”

“是。”

“听说是个高中生?”我笑道，“你真厉害呀。”

研一听后大笑道：“哪里呀！是一个短期大学的女生。这谣言真厉害呀。我再离开东京一阵子试试，看这谣言能传到什么程度。”

“所谓谣言就是这么回事。因为你不还钱嘛，人家传你就越传越大了。不过，在热海待了两个礼拜，不管男女之间要好到什么程度，真有那么多事做吗?”

“有空闲真是好呀。……怎么说呢?摆脱了平常的纷纷扰扰，做什么都觉得好。我那女朋友，父母刚刚离了婚，挺可怜的，所以我想带她到哪里去走走，到国外去太累，就想去一个既有温泉又不单调的地方，热海恰好是个理想之地。事先计划得挺好，可惜我没钱，口袋空空如洗。”他笑道。

“原来如此。”

“一个人要开始消沉的话，好像真的会陷得很深。跟她待在一起时，我也渐渐受到了影响，连我都变得有点怪怪的了。当然啰，家里出了乱七八糟的事，也自然会这样了。比如说，要跟她约会见面吧，我跟平时一样，总要迟到一刻钟，结果她等得都快撑不住了，还呜呜地哭呢。说起来，我也不是常跟她见面，可不知怎的，连我也变得蔫蔫的了。我不知道她这回玩得开不开心，我可是很开心哩。”

“可不是?”我笑道。

球绘的父母对于哥哥与球绘的交往反对得那么坚决，这点好像连他们自己也没料到。不过仔细想想，换了是我，肯定也不愿意将自己花了钱让她又学钢琴又学英语口语的独生女交给一个一看就知道是滥交女友的男人。

不管是在他们俩神不知鬼不觉地深深相爱的期间也好，还是事情暴露被严格管教起来之后仍然偷偷约会的期间也好，我都在观察着他们。这一环境的差异可谓光明与黑暗一般截然不同，但我发现哥哥能从这巨大差异中找出乐趣，球绘也在瞒着父母行事中感到一种令人怦然心跳的惊险刺激，他们俩都显得挺幸福。

电话响两声挂断，是球绘要哥哥打电话过去的暗号。

听到这一暗号，哥哥便喜滋滋地向电话走去。

哥哥是遭遇交通事故，送到医院抢救时死的，然而这碰巧是他瞒住了家人偷偷去跟球绘约会的路上发生的事。我父亲是大医院的外科医生，要是知道他到哪里去的话，事发之后若立即送到该医院去，说不定能保住性命。

世上还有什么事回想起来叫人如此揪心的！我觉得球绘之所以情绪那样低落，是因为事故发生在她“等候”的时间里。球绘等在车站前面的一家咖啡馆里。这是一家很多人都用来等人的、明亮的咖啡馆。咖啡已经续了好几次杯，蛋糕吃了两个，喝了柠檬汽水，吃了冰激凌……一直等了五个小时。然后她垂头丧气地回到家里，获悉了男朋友的死。

事后，球绘这样说道："自己的胃里仿佛变得一团漆黑，就如同一个黑洞，随便把什么放进去都没有感觉，不管有多少，不管是什么，都可以装进去。心却一直紧盯着门口。就算去翻杂志，也一点都看不进去。眼睛只是焦躁地一页页扫过去而已。脑子里只想到芳裕坏的一面，把这一面越放越大。于是，随着时间的过去，这一黑暗面在体内慢慢地扩大，蔓延到了所有的角落。就是这样的感觉。我拖着被这些黑色的东西死死压住、几乎站不起来的身子回家的时候，已是夜里了。我心想，回到家后就在床上等他的电话吧，应该是有原因的，只要能说上话就会明白的。当时，我只是这么想。"

她述说的是等待的时候，受到压抑封闭时的心境。

“那，我们就走吧。”研一站了起来。

“嗯，总之，你把钱还给了我，我感到很开心，好像做梦一样。”我说道。

研一笑道，别说得这么严重。我跟在研一的后面，穿过沙发间的空隙，走过地毯，朝门口走去。眼睛还在东张西望，希望能见到莎拉。正在此时，我发现在前台有一个金发女子，背对着我站在那里，从背影上看很像莎拉。服装、发型和身高都像。

我对研一说：“对不起，我见到一个熟人，就在这里跟你再见了。”

研一说了句“你要是再听到什么传闻的话告诉我”，就走了。

我犹犹豫豫地走近那女子，为了想要看清她的模样。地毯软软的，走在上面感觉怪怪的。我的心思全被那女子吸引了，一直到腰部被什么东西撞了一下才缓过神来。我一个踉跄，重新站稳了身体。一看，原来是个外国小男孩摔倒在地上，身子都翻了过来。我赶紧拉住他的手，把他扶了起来。

那小男孩说了声“Sorry”，当我看到那男孩面对我的眼睛时，心里不觉一阵惊悚。褐色的头发，深褐色的眼睛。我慢慢定下眼神，仔细打量起这孩子。

“是莎拉的孩子，哥哥的孩子，没错。”我在心里好几次这样嗫嚅道。

这样的眼睛，我在别处从未见过。无所畏惧的透亮的目光、嘴唇微微噘起的表情，仿佛穿着夹克的肩部线条……视觉唤醒了我所有的回忆。我想要告诉球绘。先告诉球绘，而不是父母亲。我终于努力使自己定下神来，脸上扮出了不曾对任何恋人扮过的——真的——极其温柔和蔼的微笑（因为我以后不可能再见到他了），问他道：“你没事吧？”

小孩甜甜一笑，点了点头，然后转过身大步走去，在他前面，站着莎拉。

这时我意识到，站在前台的女子，就是我刚才认为是莎拉的那位女子，原来不是莎拉。因为莎拉的变化太大了。但站在小男孩面前的，确实是我昔日见过的莎拉。

是那个很有耐心地教我“冰箱”的发音的莎拉。是那个依然残留着少女的面影的莎拉。是那个胆小而纯朴的莎拉。

现在的莎拉，整齐地穿着藏青色的套装，剪着短发，婷婷伫立在一个大旅行箱边，身旁是一个紧紧跟随着她的金发小女孩。男孩走到小女孩边上，两人亲昵地说着话。该是兄妹关系吧。这时走过来一个体格健壮美国青年，他刚结完账，对让他们等在一边表现出微微的歉意。

这时，莎拉注意到了我。

那双碧蓝的透明的眸子，开始是惊讶，接着是满怀痛楚地注视着我。她似乎是想确认，一次又一次地眨动着双眸。接着，嘴角微微向上伸展开去。

一切我都明白了。莎拉想见球绘和我却见不了的原因，她没法跟我们好好说话的原因，她来到日本后又无法不给我们打电话的原因，还有那个男青年与莎拉共同走过的痛苦。因此，为了向她表示我已理解了这一切，我用力点了点头，转过了身去。我心想，不一会儿，他们肯定就要作为幸福的美国一家子离开宾馆了。肯定只有莎拉一个人会不断地回过头来向我顾盼。

过了一会儿，我回过头来，确认他们已经不在了之后，全身仿佛像散了架似的，再次埋进了沙发。脑子晕晕乎乎的，拉过那男孩小手的两只手，感觉还是热乎乎的。我感到好像有什么东西已经开始在变化了。

他们走后的大堂，仿佛完全成了一片虚空，没有留下任何影迹。只有茶盘的互相碰擦声和人们的脚步声，在大堂中反复地回荡。

浑身疲软地回到了家。

推开房门，母亲好像出去了，屋内暗暗的，一片寂静。我直接走到盥洗室，一边慢慢洗着脸，一边对着镜子暗暗打定主意：今天所见到的一切，这一辈子将不告诉任何人。望着映照在镜子中的自己那与哥哥相似的轮廓，不由得想起了那双褐色的眸子。让我看见了，没办法。事情并非偶然，是我自己有意到那里去的。这事使我觉得越加倦怠乏力。

我想换衣服，便朝自己房间走去。走过起居室门前时，一声“芝美?”吓了我一跳，开门一看，球绘竟然躺在起居室的沙发上，睡意蒙眬地微睁着眼睛，这模样就像之前一直住在我家的时候一样。

我已经云里雾里的，什么都糊涂了。

“你怎么会在这里呢?”我问道。

“昨晚你不是说了吗，白天来玩。所以我来了呀。可一个人也没有。哈——啊。”球绘打了个哈欠。

“为什么不睡在客房的床上? 沙发睡着不舒服吧?”我说。

球绘像小孩睡午觉似的，蜷缩着身子睡在沙发上。

“嗯，客房里明晃晃的……”

她这一说，我想起了客房的窗帘送洗衣店去洗了。球绘的声音含含混混的，好像还在梦中。一双眼睛像是困倦的时候眺望着远方似的，看上去很美。

“现在天已经阴了。”

我以极其温柔的语调对她说。说罢，我走到了她躺着的沙发对面的窗口边，拉开了窗帘。房间顿时充满了蒙蒙的光亮。抬眼望了望阴沉沉的天空后，我说道：“也许会下雨或下雪。”

这时，球绘猛地跳将起来，然后眉头紧蹙地望着我。一双眼睛看上去痴痴呆呆的。

“怎么？发生什么事了？”

我极为不安地问她道。我甚至感觉她复制了我的不安。球绘已经很久没有显出这样奇怪的神情了。

“我看看……”说着，球绘碰了一下我刚才触摸过那男孩的手，接着抬着头傻傻地看着我。

“你见到了芳裕？”

这声音很轻，非常轻，轻得我费了好大的劲才勉强听清楚。我不由得一阵毛骨悚然，仿佛要把什么甩开似地推开了她的手。然后，我用干涩的声音费力地作出了奇怪的回答：“没有。”

“是呀，我都在说什么呀。不可能见到他的。刚刚醒过来，把刚才做的梦都搅和在一起了。”球绘双手按住太阳穴周边说道。

“哥哥早就死了呀。”我说道。

“我知道。”球绘正常地回答道。“只是我刚才做了个梦。梦中见到你遇见了芳裕，跟他在说话。好像是……很明亮的地方，好像是在宾馆大堂那样的地方。”

我无言以对，只是说了句：“是吗?”

刚说完，就觉得有一种东西慢慢渗入了心里。

“啊，真的呢，下起雨来了。”球绘抬头望着窗外说。

天空黑沉沉的，我可以感觉到大滴的雨点发出如注般的声音洒落在街上。暗沉沉的、重重叠叠的灰色天空延伸向远方。他们的飞机，已经飞离机场了吗？还是那一家子、那些以后不可能再见面的人们，正在候机厅里亲热地说着话？在那个与我迎送哥哥相同的、永远熙熙攘攘的、地面被灯光映照得亮亮的候机大厅？我想着脑子里浮现出了那里的场景。

“球绘，这雨今晚肯定会变成雪的。我叫妈妈打电话，今晚你就住在这里吧。”

“嗯，就这么决定吧。”

球绘答道。她背对着我，望着窗外的雨景。我快速走出了房间，关上了房门。

钱总算还来了，我就撑着伞出了家门。

雨天下午的百货公司里，倒是显得相当明亮和暖和，氤氲着一股湿润的气息。我去了书店，买了很多书，然后又买了几张 CD。每个商品部都很空，看上去井然整齐。顾客稀稀落落，店员的神态也都显得颇为优雅。

口袋里还有钱，我便在喝过茶之后去买衬衣。有一件款式非常中意，我兴奋地买下后正准备坐电梯回去时，途中经过了床上用品部，蓦地想起球绘今晚要在我家留宿，就决定给她买一套摆放在最前面的、深蓝色的、打褶的、看上去暖和之极的睡衣。这样的话，半夜里她要是突发奇想光披一件外套就出去的话，恐怕也不太要紧了吧。

“是送人的吗?”店员问我说。

“是，送人的。”

于是在睡衣的包装上，店员用了红色的缎带花。

我心想，对了，之所以会给球绘买这样的厚睡衣，是因为脑子里经常会浮现出她睡觉时老是穿着薄薄的内衣，让人看了都觉得冷飕飕的样子。

哥哥死后不久，球绘离家出走了。

她的父母反对他们俩的恋爱，为了把她看管起来，曾硬要她以“盲肠炎”的名目向公司请假一星期，而且一再强烈地表示要她忘却两人间的恋情。但球绘的这次出走，却绝不是对这样的父母亲的反叛。她说，只是觉得太疲惫了。我想这是真的。球绘其实从来就没有把她那可怜的父母当回事。我觉得很害怕，对自己还有心思伤心流泪、对自己还有心思去考虑已陷入一团糟的我的家人以外的事，感到很害怕，所以就一直没有去见球绘。得悉了她离家出走的消息后，也并没产生什么危机感……准确地说，我都没有心思去意识到这一危机感。

球绘出走后过了一星期，她母亲打来电话，语气已经透出一点神经错乱的样子了，我这才想到要去寻找她。我有个线索。

这时春天已经临近了，这个下午阳光和煦、空气中飘着花香，我连外套也没穿，就上了电车。

球绘和哥哥为了偷偷约会，在邻近的一个城里租了一套一居室的住房。我心想，她要是待在什么地方的话，那就只能是那里了。万一她在那儿死了的话……我在车内翻来覆去想象这一可能性。车轮发出有节奏的声音，窗外移动着带着春意的安闲的景色，坐在椅子上的人也呈现出安详而茫然的神情。万一错过了时机，我只能见到她遗体的话，我会后悔吗？……淡淡的阳光照进了晃动的车厢内。那时我心想，肯定不会后悔的吧。怎么会这样想，我至今仍不得其解。只是那个时候，真的是这样想的。这整个过程我都看得很清楚。我觉得，球绘作出任何选择，我都能理解。

所以才会有这样的想法？

我对管理员说了声“我是他妹妹”，便借得了钥匙。慢慢坐了电梯上去，按了门铃，没人应答。我插入钥匙开了门，走到了屋内。房间里暗暗的，总之很冷。所有的百叶窗都关了起来，屋内充满了一种从脚底心渗透上来的寒气。我从没觉得有这么可怕过。那时我已认定屋内有尸体了，小心地一步一步往前走。眼睛很快就习惯了屋内的黑暗。我发现了裹在毛毯里的球绘。

她发出睡着时的呼吸声。呼吸均匀而平稳，应该没吃过什么药。我摇醒了球绘。球绘揉着眼睛“嗯”了一声。那手是从短袖T恤里伸出来的，我不觉悚然一惊。再一看，毛毯下的她，简直就是仲夏日在度假地午睡时的穿着——T恤加短裤。

“球绘，你就是这身穿着走过来的?”

我问道。她听了说了声“不是”，用手指了指地上，地上凌乱地堆放着她脱下来的外套、毛衣和长筒丝袜等。

接着球绘便一声不响地呆在了那里，仿佛处于休克状态似的。

“球绘，到我家去吧。”我说，“我会叫妈妈给你家打电话的，你可以一直住在我家的客房里，你可以一个人待在那里，关着门也行。”

球绘没有回答。房间里太暗了，我都看不清她脸上的表情。但她过于冰冷的氛围使我很焦急。我给她披上外套，把其他衣物裹成一团抱在怀里，带着她走出了房间，然后叫了辆出租车回家。路上，球绘好几次回过头去。我不知道她回过头去看什么，只注意到那双冷冷的眸子，一直呆呆地望着往后退去的风景。

由于母亲的一再劝说，再加上坚决表示暂时不想回家的球绘的执拗，球绘的父母表示同意了。于是，球绘就临时在我家住下了，住在了客房里。

那处只有哥哥、球绘和我三个人知晓的公寓一居室住房，我一个人将退租等所有的善后事宜都办妥了。也不是什么大事，就是把屋内的一些财产用具设法处理掉，租赁合同也妥善地解除了。这一切都是秘密进行的，把我累得不行，将退回来的租金就权当劳务费收了下来。租的时间很短，又是突然提出解除合同，再加上哥哥搭了个架子，在墙上开过洞，所以拿回的押金数额也很小。

哥哥已经死了，球绘也在我家安定下来，现在把在外面租房的事告诉两个人的父母应该也没问题了。但是，我不想因此再度勾起球绘对那处房屋的寒冷的回忆。

也许，这是我对自己原本不把球绘的生死挂在心头的一种赎罪行为吧。

回到家里，恰好是吃晚饭的时候。球绘坐在餐桌边，被父亲和母亲围在中间，宛如女儿一般。她对我微微笑道："这么晚才回来呀，来，吃饭吧。"

父亲等不及，已经开始吃了。整个房间热气腾腾的，母亲用汤锅夹紧紧夹着汤锅端到了桌子上，笑着说："这是球绘最喜欢吃的咖喱鸡哟。"

我落座后，将饰有缎带花的大纸包递给球绘，对她说："给，送你的礼物。临时得了一笔钱。"

父亲莫名其妙地拍起了手。

球绘微微眯缝起了眼睛，微笑着说："好像过生日一样。"

雨变成了雪，悄无声息地积了起来。

球绘说要睡在我的房间里，我说还不如一起在客房里边打 FAMICOM[1] 边睡吧。

球绘穿上了我送的蓝色睡衣，坐在旁边的被褥上，看上去暖暖的。屋里很暗，只有窗外下着雪的屋外显得白茫茫的。电视画面一闪一闪地映照在被褥上，正在播送的新闻说，今晚东京也有大雪。

“去年可是没下雪呀。”我说。

“啊？没下雪吗？我没心思留意，完全记不得了。”球绘笑着说道，“真是很奇怪的一年呢。像做梦一样。我的状态是不是比去年好些了？”

“看上去像是好些了。”我笑道。

“那个人到底是怎么回事？”球绘说道。她指的是哥哥。

“那个人肯定已经不是人了。”

我这句话，包含了所有的意思。对我而言，哥哥不过是一个印象很深的青年而已，但由于他死得

---

① 日本任天堂游戏机公司推出的一款游戏主机，名为“任天堂家庭电脑”（Nintendo Family Computer），简称 FAMICOM。

太突然，而在去世前他一直是我行我素，活得有滋有味，因此在我心目中就成了一个有些奇怪的存在了。

“回想哥哥生前的情形，比如他的笑脸、他的声音、他睡着时的神态，我的心情总会变得非常奇特，像是有一种眩晕感。他真的存在过吗？若是存在过的话，他的存在真的是无法替代的吗？我常会有这样的感觉。”

“你也有这种感觉？”球绘问道。

“我想莎拉一定也有这样的感觉。”我说道。

“与他有关联的人都会有这样的感觉。”

胜者到底是莎拉呢，还是球绘？有一瞬间我在脑子里很认真地思考着这一问题。恐怕很难决出胜负。两个人都是因为他而走到了自己也没料到的地步。

“这一年来，我想了很多。我在想，我怎么会到了这样的境地呢？”球绘说，“那一天，在机场坠入了情网后，当我察觉到时，已经处于这样的境地了。我身边一切都已荡然无存，只有不断前行的夜的深渊了。我一点点开始明白了该从哪里着手来处置，但这一切都是虚空。那个人到底是怎么回事呢？不，我不是说他存在的意义。这样一想之后，心绪也就有些平静下来了，能安稳地睡觉了。”

我脑子里呆呆地不断回想起刚才见到的莎拉，以及容貌熟识亲切得让人心悸的她的儿子的场景。也想起了这一年来我一直在观察着如影子般悄无声息、心绪黯然的球绘的岁月，想起了在她身旁同样度过了这一特殊时期的我自己。

我钻进了被窝，对球绘说：“我说呀，球绘，我们的这一年可真是不平常呀。在人生的旅程中，其空间和速度竟都有如此的不同。好像被关闭在了里边，非常安静。事后回过头来看一下的话，一定会显出独特的色彩，这一段人生。”

“一定会吧。”球绘说道。她也钻进了被窝，趴着将手从下颚处伸了出来，露出了睡衣的袖子。“就是这种深蓝色呀。这种眼睛、耳朵和话语都会集中在上面的、一种被封闭起来的夜晚的颜色呀。”

雪还在下。我们俩脸对着屏幕，出神地玩着FAMICOM，不一会儿，不知不觉地进入了梦乡。

我惊醒过来向身旁一看，显像管的光亮映照着球绘的脸，她像是壮志未酬一般，一个手握着遥控盘，半个身子露在被窝外。夹杂在持续不断的低低的游戏音乐中，可以听到她呼呼的轻轻的鼾声。

她睡着时的神情很奇怪，宛如在哭泣似的，显得落寞而单纯。这和一年之前，并且和小时候的神情，都没有丝毫两样。

我把被子盖在了她身上，关掉了电视机。于是屋内变得一片漆黑。窗外依然在不断地下着雪。从窗帘的缝隙间，照进来几许朦胧的微明的雪的光亮。

我含含混混地低声说了句“晚安”，钻进了被窝。

一种体验

深夜的院子里，树木散发出光亮。

在灯光的映照下，光洁柔和的绿色的树叶和深褐色的树干，形态线条显得十分清晰。

最近酒量增大了之后，第一次察觉到了眼前的这一景象。每当醉眼蒙眬地望着这一情景，心里就为眼前的这一片光洁清丽所感动，觉得已经一切都无所谓了，一切全都失去了也不在乎。

这种心境既不是绝望，也不是自暴自弃，而是更加自然地达到的一种感觉，是一种宁静的、清冽的感动唤起的心绪。

最近以来的每天夜晚，都是在这样的心境中入睡的。

我心里在想，毕竟喝得太多了，应该要有所节制，而且白天心里已经打定了主意，今晚喝的量一定要少些。结果到了晚上，喝了一杯啤酒之后，饮酒的速度立即就加快了。觉得再多喝一点的话，就可以舒畅地入睡了。于是就再调一杯琴东尼。随着夜越来越深，杜松子酒的分量也随之增加，变成浓酒了。嘴里一边咔嚓咔嚓地嚼着昭和时代诞生的最好吃的零食——带有白脱酱油味的爆米花，一边感叹，唉，今夜又喝到这个程度了。喝的量虽然还不至于使我产生罪恶感，但是当我醒悟过来，发觉一瓶酒已经喝空了，却不禁感到有些惊愕。

待喝得晕晕乎乎迷迷醉醉地倒在床上的时候，我才能听到那令人荡气回肠的歌声。

一开始，我还以为是枕头在唱歌。因为我觉得在任何时候都温柔地拥着我脸颊的枕头，好像是能够发出如此清澈的声音的。不过这声音只有在我闭上眼睛的时候才听得见，所以我怀疑这是否是一场使人愉悦的梦。这时候，我总处于晕晕乎乎无法认真思考的醉酒状态。

这声音低沉而甜美，具有一种余音缭绕的回响，仿佛在轻轻按摩着来消除我心中最坚硬的块垒。这声音也类似波涛的声音，又像是我以前在所有的场合所相识的、后来成了好朋友的、之后又分开的人们的笑声，这些人对我所说的温暖的话语，丢失了的猫的叫声，某个遥远的、已不存在的、令人怀念的地方的声响，什么时候我在旅行时与所闻到的清新湿润的植物气息一起穿越我耳畔的树木的沙沙声……这时我所听到的声音好像会聚了所有的这些声音。

今夜我也听到了这一声音。

这是一种比天使的声音更官能性的、更加真实的、声音缥缈的歌声。我想要捕捉这歌声的旋律，用残留的一点点清醒的意识拼命地去倾听。但睡意昏昏然地将我包裹了起来，把这幸福的旋律也融进了睡梦里。

从前，我曾喜欢上了一个怪怪的男人，上演了一段奇妙的三角恋爱剧。这个男的是我现在男朋友的朋友，感觉上是一个能给女性带来短时间狂热恋情的人。现在想起来，也不过是一个有些与众不同的精力旺盛的兄长而已，但当时我也年轻，还是跟他发生了恋情。如今，我对他的印象已经很淡了。虽然曾无数次地与他睡过觉，却很少有悠然的面对面的约会，所以，连他的容貌都记不大起来了。

不知为何，想起来的都是一个名叫阿春的厉害女子。

我和阿春好像是同时爱上他的，在他的家里曾多次撞见，渐渐也就认识了，到后来差不多是三个人住在了一起。阿春比我大三岁，当时在外面打零工，而我是个大学生。

不用说，我们两人互相憎恨，互相谩骂，有时还动手扭打在一起。我以前从来没有和别人之间有过那么真切的贴近，也从来没有对某个人有过如此厌恶的感觉。就是这个阿春成了我的眼中钉。也许我曾好几次真的想她死掉，当然，对方大概也有同样的想法吧。

结果，有一天，对这种生活感到了厌倦的他远远地逃走了，再也没有出现，这场恋爱就此告终，而我与阿春也从此不再相干了。我一直留在了这座城市里，而听人说，阿春去了巴黎还是其他什么地方。

这就是我所知道的有关阿春的最后的消息。

连我自己都不明白，怎么会突然想起阿春来了。其实我并没有想要见她，对她的近况也没什么兴趣。那一段时期是充满了激情的日子，现在倒反而成了一片空白的回忆，并没有什么特别深刻的印象。

那个女的一定是在巴黎缠上了什么艺术家，成了一个无赖。运气好的话，也许找到了一个有钱的老情人，过着不错的生活吧。她就是这样一个女人。瘦得跟鸡骨头似的，说起话来凶巴巴的，声音低沉，老穿黑衣服。她嘴唇薄薄的，老是皱着眉头发牢骚，笑的时候却有点像小孩。

想起了她的笑脸时，不由得觉得一阵心口疼。

宛如被酒击倒似的，感觉上像是身体的里里外外都浸泡在浮着烫热的酒具的浴池中一般。口干舌燥，一时间连翻身也翻不过来。

我实在无法想象起床、刷牙和淋浴。我甚至都无法相信以前曾经非常轻松地做过这些行为。

穿射进来的阳光，一直渗到了脑子里。

我甚至无法忍受一一列举症状了，情形太糟糕了，总之真想痛哭一场。我不知道自己如何才能得救。

最近一段时期，每天早上都是这样。

我绝望地从床上一骨碌爬起来，头很疼，即使不去转动它也会不由自主地左右摇摆，我按住脑袋不让它动，一边泡了杯红茶喝。

怎么会这样？夜晚像橡皮筋一样无限延伸，没有尽头，无限甜美。而早晨却是无情的尖锐。那晨光好像要把某种物质摆放到我面前，它坚硬、透明、压力强大。真讨厌。

我无论思考什么都不痛快，电话却又像追击似地响了。尖利的、令人烦躁的声音不绝于耳，我光火了，故意打起精神抓起话筒说："喂？"

"好像精神挺好的嘛。"

水男快活地说。他是我的男朋友，跟原来我交往过的那个男的以及阿春都认识。他们俩退场以后，就只留下他和我了。

"哪里呀，昨晚喝过了头，现在头还疼呢。"

"又喝过头啦？"

"今天你休息吧？过来玩吗？"

"好，我马上就过来。"水男说完后挂了电话。

他自己开了一家杂货店，休息日定在周末之外的日子。不久以前我一直在一家和水男的店同类型的铺子里做工，后来那家店倒闭了。水男在邻近的街区还要开一家分店，分店已内定收容我了，现在正等着开张。开张要在半年以后。

他时常用一种打量物品的眼光打量我。那眼光似乎是在说：这个花样还是没有的好，只要这里没欠缺的话，恐怕价格就可以高上去了；这线条看上去不值钱，不过却可以抓住人们的心。

这眼光惊人的冷静而透彻，我意识到了他的这种目光，不由得倒吸一口冷气，同时感觉他把我的这些表情甚至心理变化都当作一种图案来打量。

下午，他拿着花来了。吃了三明治和蔬菜色拉，我们彼此感到温暖和睦。我还躺在床上，跟他接吻时，他笑着说："真是酒气冲天。宿醉也会从黏膜传给别人的。"

他笑起来的模样，好像会散发出花儿、特别是白色百合花一样的香气。

冬天也快要结束了。人待在如此幸福的房间里，却觉得窗外干燥得可怕。掠过的风仿佛是从天空中碾过去似的。

我想，一定是屋内太温馨甜美的缘故吧。

“噢，对了，最近我刚入睡时，好像总会做同样的梦，我真有点担心，会不会是幻听开始的兆头呀？难道幻听的感觉竟有这样好？难道喝酒上了瘾，喝这么一点就会有这样的感觉？”我说，这是因为屋内温馨甜美而产生的联想。

“怎么会？”他说，“你说有点出现了上瘾的感觉，那是因为你现在没事做，不知不觉就喝多了。你重新开始做工的话，就会回到原先的状态了。像现在这样悠悠闲闲地生活也没什么不好的。对了，你说的梦是什么梦呀？”

“不知道算不算做梦。”我好容易才从疼痛和恶劣的心境中缓过来，拼命想把这温暖的幸福感拽过来。“嗯……喝醉了酒就躺在了床上是吧，于是就好像被吸附过去似的，感觉就好像闭着眼睛行走在一个非常熟悉亲切的地方。周围温馨芳香，心情非常放松，而且还总是隐隐约约地听到同样的歌声。这声音甜美得让人掉眼泪，也许这不是歌声。但是听起来像是有旋律的，隐隐约约的，远远的，歌唱着幸福。对，总是一样的旋律。”

“这事挺危险的。是酒精中毒了。”

“啊？”

我惊愕得皱起了眉头，这时，水男笑了起来，说道：“开玩笑。实际上，我以前听人说起过这样的事，跟你刚才说的差不多，他们说这是有什么人想要对你说些什么。”

“什么人，是谁呀？”

“是个什么死去的人。熟人里面，你有没有这样的人？”

我仔细想了一会儿，一下子想不起谁来，就摇了摇头。

“听说死去的人想要对生前比较亲近的人说些什么的时候，就以这样一种方式来传达的。你瞧，喝醉的时候，或是刚刚睡着时，各种场景和声音容易以这样一种方式叠合在一起。我在哪里听人这样说过。”

我突然感到一阵毛骨悚然，把被子一直拉到了肩部。

“那一定是认识的人吧？”我问道。

因为我觉得要是陌生的死者在你耳边歌唱的话，不管有怎样的幸福感，还是令人怕怕的。

“听说是这样的……我说，说不定是阿春呢。”水男说。

水男感觉很灵敏。我悚然一惊，立即意识到：啊，也许真是这样的呢。我差不多是近乎确信了。杳无音信的阿春，最近脑子里常常浮现出的有关阿春的往事。

“你去打听一下吧。”他说。

“嗯……我去向朋友打听一下吧。”我说完，他点了点头。

水男这个人，不管听到什么，都一定不会不问情由地加以否定。也许是他父母的家教好吧。不管怎么说，他的名字“水男”，这样的名字，它的由来，你怎么也想不到。听他说，他母亲在年轻时，曾有一次不得不打掉孩子，为了要将“水子”[1] 的福分也归在他的身上，就给他起了这样的名字。

一般，会起这样的名字吗？

屋子里充满了他拿来的白玫瑰的甜香。我想，今晚若是有这芬芳的话，大概不必喝多就能入睡了。我们俩又拥抱在一起接吻了。

“阿春呀，已经死了。”

他说这话时的语调毫无沉重感，但我听了以后还是感到很吃惊。

我从水男的口中得知，有个熟人既认识我也认识那个男的和阿春，他现在在一家咖啡馆打夜工，我想也许能从他那里获知些消息吧，于是便特意坐了出租车赶到那家咖啡馆。其实不必如此，打个电话就可以了。我紧紧地盯着他的眼神，知道他不是在开玩笑。侍者打扮的他，在顾客熙熙攘攘的店内

① 日语中称流产的孩子为“水子”。

的吧台里擦着盘子，眼神黯淡。

“死在外国？什么原因？艾滋病？”我问道。

“是酒喝多了，酒！”他低声说。我惊恐得一阵颤栗。刹那间，觉得自己的身体仿佛中了咒语一般。“她住在资助她的那个有钱人的房间里，整天沉溺在饮酒中。去酒精中毒的专门医院治疗了好几次，最后好像已经神志不清了。这些事是我一个从巴黎回来的朋友，从跟她关系很亲近的人那里听来的。”

“……哦。”

我喝了一大口咖啡，轻轻点了点头，像是要品尝出它的味道一样。

“你们俩，不是关系很糟的吗？怎么如今还惦记着她？”

“即使是萍水相逢也是前世有缘……倒也不是这个，因为她一走之后便杳无音信了，想知道一下她现在过得怎么样了。我现在有水男相伴，很幸福的。”

“这也是人之常情啊。”

跟阿春和那个男的差不多三个人一起生活的时候，他在一家酒吧里做调酒师，我常常到他的店里去，喝醉了酒跟他絮絮叨叨地诉说心头的不快。他一直是个对别人的事不挂心的人，所以对他说什么都无所顾忌。怔怔地望着浮现在店内幽暗的灯光下的他的身影，我完全回想起了那个时候的日常的空气。慵懒的、没有梦想的、燃烧着的空气。苏醒过来的那种感触，虽然使人决不再想重新置身于那样的氛围，却唤起了一种奇妙的伤感。

“是吗，阿春已不在这个人世啦。”

我说罢，吧台内的那个老朋友点了点头。

回到房间里，独自喝起了追忆阿春的酒。心里觉得今天多喝点也无所谓，所以就喝得相当痛快淋漓。以往不知不觉想起阿春的时候，眼前总会朦朦胧胧地出现如电视画面一般的埃菲尔铁塔，今晚也终于消失了。因此而过剩的能量无处释放了，不知不觉间倒是看到了沉溺在醉酒中的阿春的心象世界。我清楚地懂得了自那个男的离去之后，阿春为何一直未能重新振作起来的原因。因为那是一场她是如此彻底地将自己的一切全都奉献出来的恋爱。那男的固然魅力十足，但我因有了阿春的竞争，而阿春也因有了我的存在，便拼了命地想要吸引那个男的。那个男的不知是以此为乐呢，还是以此为苦，常常将我们俩中的一个先叫到家里来，然后再去和另一个相会。到了最后，索性将我和阿春搁在了家里，而他自己一个人经常彻夜不归。

我生来手脚就比较笨，做菜也好，缝补也好，或是扎一个小包，捆一个纸板箱，总要费好大的劲才勉强凑合，而阿春却很擅长做这些事，每当这种时候，她便会肆无忌惮地责骂我："怎么那么笨哪!"或是"你父母没教你呀!"而我也往往会无所顾忌地指责她胸部那么扁平，穿衣服那么没品位。而那个男的呢，是个有好说好有坏说坏的直爽的家伙，恐怕因此也就更加深了我们两个女人的自卑感。

“你这个人真不会做菜呀，开什么玩笑。这可不是在玩教你炒菜的电视节目。哟，看着也不会好吃！”

有天晚上，我在炒八宝菜时阿春说道。那男的白天瞒着我去会了阿春，所以我心里不高兴。

“像你这种穿衣服这么没品位的人根本不配来说我。黑色针织衫要有点胸部的人穿着才好看呢。”

我正在炒菜，阿春用胳膊肘猛地捅了一下我的背，我的手差点伸到了锅里。

“你干什么！”

我叫道。在嘁里嚓啦的炒菜声和热腾腾的水汽中，我的声音成了痛苦的叫喊声。

“关你什么事！”阿春嚷道。

“那倒是的吧。”

我说完，关了火。屋里安静了下来，一下子突显出了两个人的沉默。这时两个人同时感到了困惑，渐渐弄不懂了两个女子享用一个男人的身体是否是正常的行为，到底是正常呢还是异常？而这个男人是个稍稍有些怪异的人，看上去无视世俗的眼光，我行我素，不近人情。那男人并没有叫我们进去，而我们却主动地频繁地进入他的房间，并且是两人同时在场。这种行为是正常的么？我只是受不了阿春那阴沉的声音和瘦得歇斯底里的身体。只要看见她在眼前晃来晃去，就想把她像鸟儿一样地关起来。

“我们为什么要这样呢？”那时阿春颇不寻常地神情茫然地说。

“也有别的女孩子喜欢他，可为什么就你和我两个人这样针锋相对，而且他这会儿也不在这里。”

“这是很自然的嘛。”

“我真的快要发疯了，心里憋得难受。”

“这句话由我来说还差不多。都已经这样了，你还有什么办法？”

阿春的这种庸俗的想法，消极阴暗的看法，使我感到极为不快，心里一阵厌恶。

“你到底在想什么？真的想要他？”阿春的这句话仿佛在斥责我。

“想要。”我说，“所以才跟你这种人待在这里，像你这种笨蛋……”

也许是多说了一句，我话还没说完，阿春就在我脸上“啪”地狠狠地抽了一记耳光。我一下子给打蒙了，不一会儿就觉得右边的脸颊热辣辣起来。

“你坏了我的心情，我回去了。你去跟他睡吧。不过前提是他能回来的话。”说着，我站起身来。

我拿了手提包准备走出门时，阿春一直紧盯着我。她眼睛睁得很大，闪着认真的目光，我心想，阿春大概会对我说“等等”。就是这样的目光。它表示的不是“对不起”，而是“你不要走”。但实际上要是阿春把这句话说出口倒奇怪了，她只是默默地没有出声。

她那张白白的小小的脸上妆化得很俗气，长长的头发盖住了脸的一半。远远望过去，像一个脆弱的漂亮女孩。我想着无言地关上了门。

我一想起我所认识的其他女子跟他同床共眠，心里就很不好受，很窝火，只有对阿春，这种感觉已经不强烈了。事实上，三个人混睡在一起的时候，有时他们两个人就开始做起来了，我也没有什么特别的感觉，要是换了别的女人的话，说不定当场就会把她杀死。

因为待在一起的时候，至少在阿春的身上，我好像慢慢懂得了男人的喜好。

并不是内在的魅力。

如果说是内在魅力的话，那她也许不过是个神经质的、怪怪的、并不讨人喜欢的女人而已。不过阿春在外貌上，有一种特别的东西。就仿佛是女人本身所具有的一种淡淡的意象……在内衣映衬下的柔和的身影，在长发的光影中半隐半现的瘦削的双肩，锁骨上奇异的凹陷，胸部上绝对无法触摸的遥远的曲线，这种意象整体的不安定的跃动的感觉。

在阿春身上，确实有这些东西存在。

今夜的窗户外，也可以看见院子里沙沙作响的树木的光影闪烁。这美丽的景色，会聚成一个很奇怪的角度，并不是一种无情的会聚，而是在光亮的照射下呈现出一种柔和的感觉。

也许是酒醉后的感觉吧。

关掉电灯后，屋内的物品反而比灯亮的时候显得更加轮廓分明。

也能清晰地听到自己的呼吸声和心脏的跳动声。

当盖上了盖被，将头沉沉地枕在枕头上时，又听到了这一声音。

宛如天使般清澈的声音的回响，淡淡的感伤，旋律苦涩地搅动着我的心胸。如同波浪般忽近忽远，裹挟着无限的乡愁滔滔而去……阿春，你想要说什么吗？

即使闭着眼睛，心灵的耳朵似乎也在不停地转动，我试图凝神谛听，却感觉不到阿春的身影，只有这美丽的旋律扎着我的胸口。也许，在这美丽的音色的那一侧，有着阿春的那张笑脸。不，恐怕是一种充满着憎恨的咒骂声在吼叫着：我的幸福和阿春的死只是隔了一层纸而已。无论哪种都好，我急切地想听清楚。

我想知道阿春想要告诉我些什么。我全神贯注，眉头都锁得有点疼痛了，不一会儿，疲惫和困倦的波浪从声音的那一头一起涌了过来。我在内心嘟囔着放弃的话语，就如同祈祷一般。

不好意思呀，阿春。听不清呀。对不起了。晚安。

“阿春真的死了。”我说道。

水男只是稍稍瞪大了眼睛，说了句：“是吗，还真是这样啊。”说完，将目光移向了窗外。

夜景十分绚丽。

虽说是十四层楼，其实也相当高了。有时我对水男说，我们偶尔也去高一点的地方吃饭吧。水男听了后问我道，你说的高是价钱高昂呢，还是距离地面高？我笑着说，两者都有。于是我们来到了这里。

窗外满是夜的光点闪烁，把我们给镇住了。车流是镶在夜幕上的项链。

“水男，你怎么会想到是阿春呢？”我问道。

“因为你们俩关系好。”

水男的语气平常，他说着切了一块肉送到嘴里。这时我的手稍微停顿了一下，因为有种想哭的感觉。

“阿春想要对我说什么？”

“我可不知道。”

“那倒是。”

我的目光回到了餐桌上。也许并没有什么大事。也许是沾满了酒气的我的日常人生在向着未来行进时所显现出来的各色各样“牵记”的意象形成了阿春的形象。今夜又喝空了两瓶葡萄酒（虽然是和水男一起喝的），视野又变得模模糊糊了。

在清晨再次来临、一切都烟消云散之前，这映照在无穷宇宙中的夜景的渗透感如此之美妙，倘若能够享受，那么人的胸中一定会有某种无可奈何的怀念牵记的心绪，哪怕不过是这绚丽的色彩而已，我也感到无所谓了。

“你现在想不想去见见阿春？”水男冷不防说道。

“你说什么？”

我说道，声音有点奇怪。我的惊讶的语调，使得店里人的目光都向我这边瞥过来。

“我的熟人中，有个男的能够做到这一点。”水男笑着说。

“胡说八道吧。”我说着也笑了。

“不，很好玩的。那人是个侏儒，我以前在做更危险的生意时跟他认识的，他能让人跟死去的人对话。是一种类似催眠术一样的方式，但实际上是很真实的。”水男说。

"你有没有试过这种事?"我问道。

"有,我以前曾经误杀过人。"水男说得毫不躲躲闪闪,由此我体会到了他的后悔有多深。

"是吵架还是什么?"

"不是,我借了一辆有故障的车给他。"接着他岔开了话题,这件事似乎不想再谈下去了。"事后想起来很可怕,于是我就去找他安排了。……结果,见面后谈了。哪怕是假的,但事后心里就轻松了。而且,我觉得你和阿春关系还是不错的。这里边要是没有那个男的插进来的话,你和阿春肯定能成为好朋友的。那个男的现在也成了一个很无聊的家伙,日子似乎也过得平淡乏味。但那个时候锋头很健吧。我曾想,你们俩对这个魅力四射的男人作出了同样的反应,所以你们俩一定很相像吧。"

我又一次体会到了水男的冷漠,正如他的名字一样,犹如冷水一般。外面的风可能很大,从窗下面原本应该静止的画面里到处有树木或什么东西在摇动的情景中,我可以感觉出来。车灯正在填补着道路的空隙，缓慢地向前流淌。

“你一直是我喜欢的那种女孩，比如鼻梁塌塌的，笨手笨脚的。”

他的口吻就好像在说“一只残缺的花瓶总还有它好的地方”一样，而我就喜欢他这样的说话方式，因而也就喜欢他这个人。

“那，我们就去试试看吧。”我说，“蛮好玩的。”

“是呀。”水男边喝葡萄酒边说，“要是能使人心里轻松开心起来的话，哪怕是假戏真做也无所谓。去试试吧，只要心头的重负能卸下来，用什么方式都可以。”

水男带我去的地方，是一个随处可见的只有吧台的地下酒吧。掌柜的人，的确是个侏儒。他除去身材比例有问题外，其余与平常人无异。他用一种非常沉着的目光注视着我。

“是你女朋友吗？”侏儒突然问水男道。

"对，叫阿文。"

我微微鞠了鞠躬，说了句初次见面的寒暄话。

"这位是我的朋友，侏儒田中君。"

水男说完，他笑了起来，说道："这姓就像在外国姓史密斯一样常见。"

虽然完全是一句调侃，但话语中的知性却使人产生一种信赖感。他突然从吧台内打开一扇小门走了出来，走到店门口，将沉重的店门锁了起来。

"是来见死去的人吧。"田中君说道。

"是，偶尔你也做做这种生意吧。"水男笑着说。

"最近，我已经没在做这一行了。这是需要体力的。你得出个高价。"田中君说时眼睛看着我，"什么时候的人？"

"不久前，两年左右之前见过后就没再见面的女孩子。我跟她争抢同一个男人。"我说道，胸口怦怦直跳。"能给我们喝点什么吗？"

"行，我也要，开一瓶，剩下的存在店里吧。"

水男说。

“那，今晚这里就包给你们了。”田中君说着爬上梯子，从高高的架子上取下酒瓶，然后灵巧地调起了兑水威士忌。

“她近来喝得很厉害。”水男笑着说，“你给她兑得浓一点。”

“噢，我知道了。”

田中君笑了起来，我也笑了。我心里常在想，水男很相信我，他是完全把我当大人看待。这使我感到极为踏实。一个人不管上了多大的岁数，也总会根据别人对待你的方式而改变自己的风貌。水男很善于利用人。我们干了杯。

“不过，我想问一下，你为什么想见跟你争抢男人的女人呢？”

田中君说完后侧着脑袋显出不解的神色。兑水威士忌酒色甚浓，酒味刺激得嘴里麻麻的。我老实地答道：“其实我们两个人好像是互相喜欢的，就有点像同性恋者。”

田中君听了后哈哈大笑，说道，你可真是个好女孩呀。我呆呆地望着他那双小小的鞋和那双小小的手，心里在想，如果能见到阿春的话，自己打算说些什么呢？但是，我什么也想不出来。

“那，我们就开始吧。”

喝完一杯之后，田中君说道。水男没怎么说话，他一定在回想上次来这边时的情景了吧。

“开始的意思是……”我问道。

“很简单的，既不要吃药，也不要数数。你只要闭上眼睛不出声地走到某间房间去就行了。那是一间会面室。只是有一点要注意，哪怕对方邀请你，你也决不可走到门外去。无耳芳一①就是教训。这种先例挺多的，出去以后就回不来了。甚至有人永远也回不来了。所以，你要注意。”

---

① 日本怪谈中的人物。芳一是一个盲眼和尚，因善弹琵琶，夜夜被在源平战争中战死的平家冤魂抓去战场遗址弹唱《平家物语》，后不慎被冤魂揪掉双耳。

我心里挺害怕的，没有说话，这时水男笑着安慰我说："没事的，你意志很坚强。"

我点了点头，闭上了眼睛。当我感觉到田中君又一次越过吧台的时候，马上就意识到自己的整个体内倏地一下变得冷飕飕了。

回过神，我已在那个房间里了。

这是一间小小的、有着小小的磨砂玻璃窗的颇为奇异的房间。我坐在一张陈旧的红色沙发上，正对面也是一张相同的小小的沙发，中间没有桌子。跟以前游乐场里的"惊奇屋"很相像。就是那种即使自己坐着不动，四周的墙壁也会打转转，给你一种这房子好像在转动似的错觉。屋内灯光暗暗的，使人的心绪不由得变得压抑起来。小房间还有个木门。

我心想，只是碰一碰，应该没关系吧。于是伸手去触摸门上的把手，这是一个暗金色的、手感冷冷的、细细的把手。我刚把手掌握上去，立即就觉得有一种磁磁的震感传过来。具体描述一下的话，就好像四周都在翻江倒海动荡不已，唯我所处的小屋异常的安静，就像是台风眼或一个结界。这扇门仿佛把喧嚣的世界挡在了外面一样。我意识到了体内的骚动不安，对门外的世界本能地感到不安。

而且，我也很能理解有些人这时就想把这扇门打开的心理。水男那时就是这样的吧。也许曾有几个人就出了这扇门，没能再回来。

……原来如此。

我这样想着，离开房门，重新坐到了沙发上。意识很清楚。我用脚蹬了蹬木地板，又用手摸了摸粗糙的米色的墙面。一切都是真切的。这房间就像乡村无人小站的候车室一样，令人觉得不自然，有一种压迫感。

就在这时，房门“砰”一下打开了，阿春轻轻飘了进来。

我惊愕得说不出话来。

瞬息之间，我透过阿春的双肩，瞥见了外面是整个的一片浓重的灰色，发出如风暴一般的呼啸。

这比阿春真的来到这里还要可怕好几倍。

“好久不见了。”说罢，阿春撅起了嘴唇微微笑了笑。

我心里发怵，怕刹那之间这笑脸也会被这房间、和这房间之外的可怕的灰色吞噬了。

“能见到你真好呀。”我说道。话语很顺溜地说出了口。“你知道了我想要见你，真好。我心里其实是很喜欢你的。在那些日子，有一种独特的紧张感，但我感到很开心。因为对手是你阿春。对我而言，你是个很有意义的女孩。跟你在一起，无意间使我懂得了很多事。其实我有很多话想对你说，结果却没怎么说成，真是遗憾。”

这些话未必全都是我的真心话。是一种类似忏悔的表白，宛如对着一艘渐行渐远的轮船大叫“我爱你”一样。

不过，阿春听了后点点头答道：“我也是。”

她依然长着细细的脖子，穿着黑色的衣服。

“来来来，来看一下。”

阿春站了起来。长长的头发倏地一下碰到了我的手，痒痒的。

我还在发愣，阿春却冷不防一下拉开了门。

我浑身绷紧。

——哪怕是邀请你，你也不可到外面去——

阿春扑哧一笑，轻轻撇去了我心中的污垢："你想到哪儿去啦，只是给你看看。瞧，我把头探出去让你瞧瞧，怎么样？"

她猛地把头伸向那灰色的世界。就在那一刻，头发霎时无声地飞起来，散乱开来。阿春抬眼望着上面说："记得有一天，在这样狂风大作的日子里，我曾跟你一起待在房间里，就是这样的感觉。刚才我就是在这样的狂风中闭着眼睛来到这里的。为了见你一面。要是那个男人的话，我就不来了。我一路来到这里，可不轻松哪。"

"我也是。"我说，"我感到应当跟你见一面。"

"是我把你叫过来的。这一阵子，我一直在你身边游荡。"阿春说。

眼前的阿春比我所知晓的那个阿春还要成熟许多。

“为什么?”我问。

“不知道。因为跟你在一起的时候，不曾感到过孤寂。虽然其他时候也不曾感到孤寂，但跟你在一起时，好像最没有孤寂感。那时候，那个狂风大作的时候，我好像想要亲吻你。”阿春面无表情地这样说。

“你这样说，我真开心。”

我说道。内心感到无限的悲伤。外面的灰色十分浓重，望着阿春凌乱的头发在大风中狂乱飘舞的情景，我蓦然醒悟到了过去有多遥远，比死亡、比人与人之间无法填埋的鸿沟都更遥远。

“阿春。”我呼唤她的名字。

阿春微微一笑，理了理头发，以一个自然的动作将手搭在门上，说了句“再见了”，碰了碰我的手，便消失在了门外。于是我陷入了回想。对了，说起来，我们俩像这样子说话，那个时候只有过一次。

屋内留下“砰”的一声关门声和手的冰凉。

“欢迎回来!”田中君大声说道。

我向四周东张西望，意识到自己回到了店里。

“哇，真是了不得，你到底用了什么样的骗术?”我问道。这句话里既有掩饰自己紧张的意思，也是一种由衷的感叹。

“不是什么骗术，这是真的。”田中君有些不高兴地说。

“是这样的，这家伙是一只貘，能吃掉人们的噩梦。”水男说道。

“对了，这样说就好了。”田中君说道。

“嗯，好像是这样。能见上一面挺开心的。现在我心里的病毒好像真的被除去了。”

我说道，一边在确认渐渐回复到现实世界的自己的心灵与身体。就好像云雾慢慢消散一样，视野和呼吸逐渐变得清晰起来。

“就好像激烈运动后的感觉吧。”田中君说着，“嗵”地把一杯冰水放在了我面前的吧台上。“因为你刚刚出了一趟远门回来。”

对，那一天的暴风雨。

初秋天，台风来了。

那时我和阿春关系很坏，有一个星期了，老是吵架。恋爱已经临近终结，正是一筹莫展的时期，心里老觉得烦躁不安。那个男的也几乎已不回家，对我们俩的争吵，他也随我们去了。

“外面雷打得很响。”

我说道。想要回家也回不了，除了跟阿春搭搭话也无事可干，便情不自禁地向她开了口。而阿春竟也意外地像常人一样回应了我。

“真讨厌，我不喜欢打雷。”

阿春蹙起了双眉。阿春的这一表情非常性感又可怜，在瞬息之间，我总会为这表情所迷醉。

“阿文，救救我！”

电光一闪，紧接着便是轰炸般的巨响。阿春还是第一次对我说这样的话，我不由得悚然一惊，眼光投向她时，发现她像童女一般在朝我微笑。我明白了。阿春也很清楚。这场三角恋爱已接近尾声，我和阿春以后再也见不着了。彼此都已知道了这一结局。

“雷离这边很近的。”

我说完，阿春又说了一遍“真讨厌”，说完离开窗边，转到我身后假装要躲起来。

这一定是暴风雨令她胆怯了的缘故吧。

“你说谎，你明明并不害怕。”我惊愕地回过头对她说。

“其实真的有一点害怕。”

阿春笑道。受她的感染，我也笑了。接着阿春脸上显出了惊讶的神情说：“我说，刚才我们俩是不是有了一点沟通？”

“嗯，也许是有点。”我点头道。

房间门窗紧闭，与外界隔绝了开来。雷声从远处不断地传过来。屋内的空气浓重地凝固起来，连轻轻的呼吸声似乎也会妨碍这小小的完美。只有某种珍贵的东西散发出清冽的光芒。不久就要结束了。枯败之后消失。大家都要各奔东西。只有这一确信将一次又一次地来眷顾我们。

“他不会有事的吧。”雷电的闪光照着阿春小小的脸，从侧面望过去小小的，很好看。

“不会吧。”

我们希望这种状态能持续下去。两个人静静的、悄悄的。

“不知他有没有带伞?”

“下这么大的雨，带着也没用，雷会落下来。”

“这样的死法对他倒也合适。”

“他怎么还不快点回来?”

“是呀。”

两个人并排倚靠在墙上，抱着膝盖说话。跟阿春这样说话，之前之后都不曾有过，就那一时半刻。哗哗的雨声，不时地打断我的思路。我只觉得我们俩好像一直就是这样和睦地待在这房间里，好像是表面装作关系恶劣的样子。

“像是傍晚雷阵雨的声音呢。”

“是呀，这样大的雨，好久没下了。”

“他在哪里呢?”

“哪儿都无所谓，只要他平安就好。”

“他没事的。”

“对，没事的。”

阿春把瘦削的下巴搁在双手合抱的膝盖上面，优雅地、用力地点了点头。

跟水男两人走出田中君的酒吧的时候，天已快亮了。走着走着，我问他道：“实际上我昏迷了多长时间?”

“有近两个小时吧。我边喝边等，都喝得醉醺醺了。”

水男的声音，在悄无人迹的小巷子里高声地回响着。

“是吗？有那么长时间？”

我觉得挺惊讶，因为我和阿春待在一起的时间极短。但我心里舒畅了许多。月光和星光，仿佛都已久违多年，今夜看上去显得十分明亮而清晰，如同洗过一般。连走路也觉得很开心，自然地就加快了脚步。阿春、天使的歌声、侏儒的灵媒、阿春……

“这有什么关系，只要心情爽了就好。”水男说着冷不防搂住了我的肩膀，“现在就不要多想了。”

我默默地点了点头。

每天晚上都喝过头，难道是偶然的吗？

那时阿春是不是老在我身边？

那美妙的歌声，是阿春在呼唤我吗？

刚才我去了什么地方呀？

那侏儒是什么人？那样的事他怎么能够办到？

那真是死去的阿春吗？

还是我心灵中的臆想剧？

阿春走了，我留在了这里。

清爽的晚风越过了所有的这些谜，轻拂着我的心胸。

“不知为什么，我觉得从明天起，我的酒量会减少。这好像是故意安排好似的。”我说，“怎么想都觉得是这样。”

“肯定是那样的时期要到了。”水男笑了。

在水男的心目中，是不是所有的一切都是一个个“时期”呢？我也好，跟我在一起也好。

过分的温柔，是否一定来自过分的冷淡呢？

对今后的前景我毫无把握，而且我们的爱情倘若更加炽热的话，我的一切不全都变得一览无余了吗？

在新开始的生活中，两个人的关系会变得怎样呢？

不过，水男的笑脸还是与这寒冷而美丽的夜晚一模一样，笔直地抵达人的心头。如果共同度过这个夜晚，或是所有的一切都是过眼烟云的话，那也就随它去吧。这种想法仿佛在手掌中闪烁出珍奇的光芒，就如同那时和阿春在一起的时候一样。

于是，我醒悟到，不管怎样，那美丽得令人惊悚的歌声，一定再也听不到了吧。就这件事使我觉得挺没劲。

那种安心、那种甜美、那种痛楚、那种温柔。真好。以后，当我见到灯光照耀下的院子里的树木的绿色时，脑子里就会隐约地闪现出那柔和的旋律的尾部，我就会像追逐芬芳一般，不断地去追寻吧。

然后，再慢慢变得什么也想不起来了，不久便逐渐忘却了。

水男搂着我的肩膀行走时，我明白了这一切。

真的睡了好多——文库版后记

读了这篇小说后，心里也就没有什么歉疚的感觉了。每当我听到这样的读后感，心里就觉得非常的开心。

有一个时期我真的是常常处于睡眠状态。由于睡得太多了，腿上脚劲也没了，走路的模样也怪怪的了，肌肤变得粗糙了，性格也阴郁起来，总之，没有任何一点益处。当恢复过来的时候，就像一头冬眠后的熊一样，有一阵子很难将自己调整过来重新融入这个社会，很不好受。就仿佛觉醒过来似的，我振作了起来。打那以后，我就再也没有像以前那样昏昏欲睡过。

令我觉醒的，是一个来自男人的声音。虽说我从没跟他谈过恋爱，但至今跟他仍是好朋友。十九岁的时候，不记得是什么场景了，他对我说："为参加一个朋友的婚礼，我去了一趟洛杉矶，回来时到香港去了一下，还进一家店饮茶。"不知为什么，这声音突然搅动了我的心，我在内心醒悟到："哦，是吗？什么时候我也会有这样的人生。"尽管那时我连护照也没有。倒也不是特别地渴望有那样的人生，而是觉得要是想那样的话，就不能再这样昏昏欲睡了。

要是没有那样的声音，不知我会睡到什么时候呢。

这时我就会想，这种事大概都是前世注定了的。当你在写作陷入危机时，就会有一个对你有影响力的人出现在你面前，叮嘱你不要忘了自己的天职。这仿佛就像是配成对似的。

时至今日，我听到他的声音时，仍然会有一种全身抽紧的振奋的感觉。

尽管如此，我依然觉得，那段时光，我常处在睡眠状态，真不是件坏事。因为我由此明白了，老是睡觉的话，会给身心带来多大的伤害，是多么的无聊。倘若无法去切身体会的话，就不可能知道在什么境界之前是休憩、过了什么境界是怠惰这一绝妙的分界线。

人生只有一次。我已经睡了很长一阵子了，除了休息之外，我可以不必再睡了。不过偶尔长睡一下来获得充分的休息，对于人生来说真的是必需的。不必感到歉疚。只有自己可以分配自己的人生时光。

对为这本书的重新出版付出诸种努力的各位，我谨表示衷心的感谢。根本先生、松家先生、增子小姐、事务所的各位，还有给予我各种帮助的各位以及读者诸君，谢谢你们了。

吉本芭娜娜
2002 年春

图书在版编目(CIP)数据

白河夜船 /（日）吉本芭娜娜著;徐静波译.
—上海：上海译文出版社,2018.11（2023.5重印）
（吉本芭娜娜作品系列）
ISBN 978-7-5327-7783-9

Ⅰ.①白… Ⅱ.①吉… ②徐… Ⅲ.①中篇小说—日本—现代 Ⅳ.①I313.45

中国版本图书馆CIP数据核字(2018)第086409号

SHIRAKAWA YOFUNE
by Banana YOSHIMOTO

Japanese original edition published by KADOKAWA GROUP PUBLISHING CO., LTD., Japan
Simplified Chinese translation rights arranged with Banana Yoshimoto through ZIPANGO, S.L.

图字：09-2003-349号

白河夜船

[日]吉本芭娜娜 著

徐静波 译

出版统筹 赵武平
责任编辑 刘 玮
装帧设计 尚燕平

上海译文出版社有限公司出版、发行
网址：www.yiwen.com.cn
201101 上海市闵行区号景路159弄B座
江阴市机关印刷服务有限公司印刷

开本 787×1092 1/32 印张 6.5 插页 5 字数 63,000
2018年11月第1版 2023年5月第2次印刷

ISBN 978-7-5327-7783-9/I·4771
定价：46.00元